Free Book Reveals The 6 Step Blueprint That Took Students
From Language Learners To Fluent In 3 Months

- **6 Unbelievable Hacks** that will accelerate your learning curve
- **Mind Training:** why memorizing vocabulary is easy
- **One Hack To Rule Them All:** This secret nugget will blow you away...

Head over to LingoMastery.com/hacks
and claim your free book now

CONVERSATIONAL SWEDISH DIALOGUES

Over 100 Swedish Conversations
and Short Stories

Conversational Swedish Dual Language Books

www.LingoMastery.com

ISBN: 978-1-951949-47-1

Copyright © 2021 by Lingo Mastery

ALL RIGHTS RESERVED

No part of this book may be reproduced, stored in a retrieval system, or transmitted in any form or by any means, electronic, mechanical, photocopying, recording, scanning, or otherwise, without the prior written permission of the publisher.

CONTENTS

Introduction 1
1 Beställa middag - Ordering dinner (A1) 4
2 Glass smaker - Ice cream flavors (A1) 8
3 Välja en ny bil - Choosing a new car (A1) 11
4 Jag hittade en kattunge - I found a kitten (A1) 14
5 Den bästa pizzan - The best pizza (A1) 16
6 En ny rumskompis - New roommate (A1) 18
7 En sommarpicknick - A summer picnic (A1) 22
8 Var kommer du ifrån? - Where are you from? (A1) 24
9 Vi åker på en bilresa - Let's take a road trip (A1) 27
10 Grilla i trädgården - Backyard BBQ (A1) 29
11 En andra första dejt - A second first date (A1) 32
12 Vem bor du med? - Who do you live with? (A1) 35
13 Min favoritlärare - My favorite teacher (A1) 38
14 En promenad på stranden - A walk on the beach (A1) 42
15 De bästa sätten att lära sig ett språk - Best ways to learn a language (A1) 44
16 Vad är det där för ljud? - What's that sound? (A1) 46
17 Det är jobbigt att springa - Running is hard (A1) 49
18 Baka kakor - Baking cookies (A1) 51
19 Valskådning - Whale watching (A1) 53
20 En lång flygresa - A long flight (A1) 56
21 Skriva prov - Taking tests (A1) 58
22 Kom så går vi till gymmet - Let's go to the gym (A1) 60
23 Vår resa till Paris - Our trip to Paris (A1) 62
24 Det är för varmt - It's too hot (A1) 64

25 Sovstilar - Sleeping styles (A1) 66
26 Lämna tillbaka något till affären - Returning an item to the store (A2) 68
27 I mataffären - At the grocery store (A2) 70
28 Leta efter lägenheter - Looking for apartments (A2) 74
29 Äta nyttigt - Eating healthily (A2) 77
30 Planera ett bröllop - Planning a wedding (A2) 79
31 Jag behöver klippa mig - I need a haircut (A2) 81
32 Besöka ett akvarium - Going to an aquarium (A2) 83
33 Det här kaffet är inte varmt - This coffee is not hot (A2) 86
34 Nyårsplaner - New Year's Eve plans (A2) 88
35 Min dröm i natt - My dream last night (A2) 90
36 Göra sig redo för skolan - Getting ready for school (A2) 92
37 Köpa en säng - Shopping for a bed (A2) 95
38 Morgonrutin - Morning routine (A2) 98
39 Födelsedagspresent - Birthday gift (A2) 101
40 Jag fick ett A - I got an A (A2) 103
41 Han är en bra förare - He's a good driver (A2) 106
42 Är det där ett spöke? - Is that a ghost? (A2) 108
43 Söt hund - Cute dog (A2) 111
44 Ett meteorregn - A meteor shower (A2) 114
45 Hur man tar ett bra foto - How to take a good picture (A2) 117
46 En överraskningsfest - A surprise party (A2) 119
47 Min favoritfrukost - My favorite breakfast (A2) 121
48 Irriterande grannar - Annoying neighbors (A2) 123
49 Missförstånd på salongen - Miscommunication at the salon (A2) 125
50 Jag låste in mina nycklar i bilen - I locked my keys in the car (A2) 128

51	Räkna får - Counting sheep (A2)	131
52	Första dagen på högskolan - First day at college (A2)	135
53	Förrymt djur på zooet - Escaped animal at the zoo (A2)	138
54	Campingtur - Camping trip (A2)	141
55	Min bästa väns familj - My best friend's family (A2)	144
56	En fotbollsskada - A soccer injury (A2)	146
57	Fast i trafiken - Stuck in traffic (A2)	148
58	Du är avskedad - You're fired (A2)	150
59	Min trettionde födelsedag - My thirtieth birthday (A2)	152
60	Det där är min - That's mine (A2)	154
61	Gröna fingrar - A green thumb (A2)	156
62	Din perfekta dag - Your perfect day (A2)	158
63	Vilket språk vill du lära dig? - What language do you want to learn? (A2)	161
64	Du har för många skor! - You have too many shoes! (A2)	164
65	Det är inte alls snällt - That's not very nice (A2)	166
66	Öppna ett bankkonto - Setting up a bank account (B1)	169
67	Vänta på att gå ombord på ett flygplan - Waiting to board an airplane (B1)	171
68	Adoptera en hund - Adopting a dog (B1)	173
69	En dag på stranden - A day at the beach (B1)	175
70	Vi gör cheeseburgare - Let's make cheeseburgers (B1)	177
71	Det är ett hårstrå i min mat - There's a hair in my food (B1)	181
72	Högerhänt eller vänsterhänt? - Right-handed or left-handed? (B1)	183
73	Flaskpost - Message in a bottle (B1)	185
74	Hur kommer jag dit? - How do I get there? (B1)	189
75	Köpa en flygbiljett - Buying a plane ticket (B1)	192
76	Städa huset - Cleaning the house (B1)	195

77 Hund eller katt? - Dog or cat? (B1) 198
78 Gå på ett kafé - Visiting a coffee shop (B1) 201
79 Jag kan inte hitta mina nycklar - I can't find my keys (B1) 204
80 Det regnar! - It's raining! (B1) 207
81 Förlåt mig - I'm sorry (B1) 209
82 En baby shower - A baby shower (B1) 211
83 Hos skräddaren - At the tailor (B1) 214
84 Leta efter en parkeringsplats - Looking for a parking spot (B1) 217
85 Vad ska vi kolla på? - What should we watch? (B1) 219
86 Checka in på hotellet - Checking in at the hotel (B1) 221
87 Du borde prata med läraren - You should talk to the professor (B1) 223
88 Planera en luffning - Planning a backpacking trip (B1) 226
89 Köpa souvenirer - Buying souvenirs (B1) 229
90 Byta karriär - Career change (B1) 232
91 Planera en pensionsfest - Planning a retirement party (B1) 234
92 Min väska har inte kommit - My suitcase didn't show up (B1) 237
93 Dricks-traditioner - Tipping customs (B1) 240
94 Besök på konstmuseet - Trip to the art museum (B1) 242
95 Strömavbrott - Power outage (B1) 245
96 Hur ofta använder du sociala medier? - How often do you use social media? (B1) 247
97 Förbereda sig inför en jobbintervju - Preparing for a job interview (B1) 249
98 Tripp till kemtvätten - Trip to the dry cleaners (B1) 251
99 Favoritväder - Favorite kind of weather (B1) 253
100 Tvätta - Doing laundry (B1) 256
101 Thanksgiving förra året - Last year's Thanksgiving (B1) 259
102 Må dåligt - Not feeling well (B1) 261

103 Snowboardtur - Snowboarding trip (B1) 263
104 Måla huset - Painting the house (B1) 265
105 En vacker solnedgång - A beautiful sunset (B1) 268
Conclusion 271

INTRODUCTION

So, you want to learn Swedish, beloved reader? Excellent — if you've purchased this book then you're already well on your way to doing so. Swedish is the official language of Sweden and, along with Finnish, one of Finland's two national languages. Swedish speakers also tend to understand Norwegian and Danish, especially when in their written form. About 9 million people consider Swedish to be their mother tongue, while another million people speak it as a second language. With this book you can make this number bigger by at least one person!

Most importantly, you can do it in a fun and really efficient way. If there's something we know for sure after years in the language learning world, it is that many students choose — or are provided with — the wrong means of study. Some professors give them boring textbooks full of rules they'll never learn or need in a real-world situation; while others may overwhelm them with reading material that only serves to make them feel uncomfortable and doubtful of their own skills and level as a Swedish learner.

Our goal with this book is to allow you, the reader, to encounter useful, entertaining conversations that adapt very well into dozens of real-life situations that you can and certainly *will* encounter in the Swedish-speaking world, giving you a chance to fend for yourself when you come across them!

Vocabulary is crucial to learning *any* new language, and the conversations in this book will *guarantee* you pick up plenty of it and see how it is applied to real life.

What this book is about and how it works:

This book will make sure that you practice your conversational skills in Swedish through the use of **one hundred and five examples of conversations,** written in both Swedish *and* English to allow you to fully understand what's going on in each and every one of them.

Each new chapter is an entirely new, fresh conversation between two people in an everyday situation you may tackle sooner or later. You'll be able to observe how to handle yourself when it comes to situations such as checking in at a hotel, asking for directions, meeting an old friend or ordering food at a restaurant, among many others.

If you want to ensure proper understanding of the story, we recommend you read the story in both languages and follow the narrative in a way that gives you the chance to cross-reference what's going on in Swedish by checking out the story in clear, concise English.

How was this book created?

The dialogues you'll find inside is the result of a collaboration between both English and Swedish native speakers. Once written in natural English the stories were translated into Swedish and we feel it crucial to give a brief explanation of how it was done.

Since we want you to sound natural, we avoided a word for word translation, so you may come across situations when:

- Translations are shorter or longer than the original;

- Some translations are descriptive. For example, there's no Swedish word for a "red-eye" flight, and hence the meaning of the phrase needs to be explained;

- Some things have been converted from the American standard to a Swedish equivalent, such as Fahrenheit to Celsius (fun fact: the Celsius scale is named after its Swedish inventor, Anders Celsius), miles to kilometers, inches to centimeters, and American Dollars to Swedish Krona;

- One and the same word is translated differently in different sentences, in order to demonstrate different translations and meanings as well as how context can matter.

For this reason, it might be a good idea to learn whole phrases sometimes, rather than separate words.

So, wake up your inner linguist, analyze, make your own discoveries, and allow yourself to be amazed at how different languages work!

Now you know what this book will provide you with... but what are the best ways to use it?

Tips and recommendations for readers of Conversational Swedish Dialogues:

While this book is easily picked up and used as often as needed, there are a number of effective ways of applying it to your learning that will help you get the most out of it. Remember, being effective will not only increase the amount you learn, but also decrease the time you need to spend on doing so!

So, what should you do to improve your learning with **Conversational Swedish Dialogues?**

Well, you can always:

1. Roleplay these conversations, whether it's alone or with a friend — Pretending to set up a bank account with a friend may actually do much more for your knowledge of Swedish than any lesson will. This book provides you with plenty of material so go ahead and act! Your pronunciation, fluency and confidence will all benefit from it!
2. Look up the words you don't understand — There will always be vocabulary and specific terms you may not get and which aren't translated exactly word-for-word (for our purposes of making the conversation realistic in both languages), so you may need a dictionary. Don't feel upset or ashamed of jotting down those words you don't understand for a quick search on the internet later on!
3. Make your own conversations! — Once you're done with this book, pick any conversation from the *hundred and five* examples you have and adapt it to your own version. Why not make it so that the receptionist of the hotel *didn't* have rooms? Or maybe the friends meeting each other *weren't* so friendly, eh? Find something you like and create something new!
4. Don't be afraid to look for more conversations once you've finished reading and practicing with this book — Only through practice can you reach perfection, or at least as close as you can get to it!

Well, that's all we had to tell you, reader. Now go ahead and show the world you can handle anything! Work hard and keep it up, and before long you'll breeze past any Swedish lesson.

Believe in yourself, it's all you need to achieve even the impossible!

Good luck!

1

BESTÄLLA MIDDAG
-
ORDERING DINNER (A1)

Servitör/Servitris: Hej, hur är det?
Amira: Bra, tack. Hur är det själv?
Servitör/Servitris: Jättebra, tack för att du frågar. Vad skulle du vilja ha att dricka?
Amira: Bara vatten, tack.
Servitör/Servitris: Okej. Här är menyn. Jag kommer snart tillbaka med ditt vatten.
Amira: Tack.
Servitör/Servitris: Här, varsågod. Är du redo att beställa?
Amira: Nej, jag behöver ett par minuter till.
Servitör/Servitris: Inga problem, ta all den tid du behöver.
(Tre minuter senare...)
Servitör/Servitris: Behöver du mer tid?
Amira: Nej, jag är redo.
Servitör/Servitris: Perfekt. Vad får det lov att vara?
Amira: Kan jag få salladen med vårgrönsaker och kyckling?
Servitör/Servitris: Självklart. Salladen serveras med en soppa. Vill du ha den krämiga tomatsoppan eller minestronesoppa?
Amira: Öh, krämig tomatsoppa.
Servitör/Servitris: Bra val. Vill du ha något annat?
Amira: Nej, det är bra så.
Servitör/Servitris: Fint!
(Fem minuter senare...)
Servitör/Servitris: Okej, här är din soppa och sallad.
Amira: Tack.

Servitör/Servitris: Inga problem. Säg till om du behöver något annat.

Amira: Okej.

(Femton minuter senare…)

Servitör/Servitris: Är du färdig?

Amira: Japp!

Servitör/Servitris: Vill du se dessertmenyn?

Amira: Nej, tack. Bara notan, tack.

Servitör/Servitris: Absolut, varsågod.

Amira: Tack så mycket!

ORDERING DINNER

Waiter: Hi, how are you?
Amira: I'm good, thanks. How are you?
Waiter: I'm great. Thanks for asking. What would you like to drink?
Amira: Just water, please.
Waiter: Okay. Here is the menu. I'll be right back with your water.
Amira: Thanks.
Waiter: Here you go. Are you ready to order?
Amira: No, I need a couple more minutes.
Waiter: No problem. Take your time.
(Three minutes later...)
Waiter: Do you need more time?
Amira: No, I'm ready.
Waiter: Perfect. What would you like?
Amira: Can I have the spring greens salad with chicken?
Waiter: Sure. The salad comes with a soup. Would you like creamy tomato or minestrone?
Amira: Umm, creamy tomato.
Waiter: Good choice. Would you like anything else?
Amira: No, that's it.
Waiter: Great!
(Five minutes later...)
Waiter: All right, here is your soup and salad.
Amira: Thank you.
Waiter: No problem. Let me know if you need anything else.
Amira: Okay.
(Fifteen minutes later...)
Waiter: Are you done with your meal?
Amira: Yep!
Waiter: Would you like to see the dessert menu?
Amira: No, thanks. Just the check, please.
Waiter: Of course. Here it is.

Amira: Thank you!

2

GLASS SMAKER

-

ICE CREAM FLAVORS (A1)

Jerry: Hallå och välkommen!
Robin: Hej.
Jerry: Vill du smaka någon glass?
Robin: Ja, men jag vet inte vilken jag ska välja.
Jerry: Har du någon favoritglass?
Robin: Ja, jag gillar choklad, jordgubb, och vanilj.
Jerry: Vill du provsmaka vår choklad-, jordgubb-, och vaniljglass?
Robin: Ja, gärna. Tack!
Jerry: Okej. Här är chokladglassen.
Robin: Tack.
Jerry: Vad tycker du?
Robin: Jag tycker den är för söt. Kan jag få prova vaniljglassen?
Jerry: Absolut. Varsågod.
Robin: Tack.
Jerry: Gillar du vaniljen?
Robin: Ja, jag gillar den mer än chokladen.
Jerry: Vill du prova jordgubbsglassen?
Robin: Ja, gärna. Tack.
Jerry: Varsågod. Jordgubbssmaken är en favorit bland våra kunder.
Robin: Mmm! Den här är jättegod!
Jerry: Vad kul! Vilken glass får det lov att vara?
Robin: Jag tar jordgubbssmaken, tack.
Jerry: Vill du ha en strut eller bägare?
Robin: Jag tar en strut, tack. Hur mycket kostar det?
Jerry: Det blir trettio kronor.
Robin: Här.

Jerry: Tack, hoppas det smakar!

ICE CREAM FLAVORS

Jerry: Hello and welcome!
Robin: Hi.
Jerry: Would you like to try some ice cream?
Robin: Yes, but I don't know which one to get.
Jerry: Do you have a favorite ice cream flavor?
Robin: Yes, I do. I like chocolate, strawberry, and vanilla.
Jerry: Would you like to taste our chocolate, strawberry, and vanilla ice creams?
Robin: Yes, please. Thank you!
Jerry: Okay. Here is the chocolate one.
Robin: Thank you.
Jerry: What do you think?
Robin: I think it's too sweet. May I try the vanilla next?
Jerry: Sure. Here you go.
Robin: Thank you.
Jerry: Do you like the vanilla?
Robin: Yes. I like it more than the chocolate.
Jerry: Would you like to try the strawberry ice cream?
Robin: Yes, I would. Thank you.
Jerry: Here you go. The strawberry flavor is a favorite with our customers.
Robin: Mmm! This one is delicious!
Jerry: Great! Which ice cream would you like?
Robin: I will take the strawberry flavor, please.
Jerry: Would you like a cone or a cup?
Robin: I will have a cone, please. How much is it?
Jerry: That'll be $3.50.
Robin: Here you go.
Jerry: Thank you. Enjoy!

3

VÄLJA EN NY BIL

-

CHOOSING A NEW CAR (A1)

Nick: Vi behöver en ny bil.
Andrea: Jag håller med. Vilken typ av bil?
Nick: Någon billig, men pålitlig.
Andrea: Ja. Låt oss kolla på nätet.
Nick: Bra idé. Kolla på den här. Den kostar runt trettiosex och ett halvt tusen kronor och har bara gått runt sextontusen kilometer.
Andrea: Hmm... det är väldigt billigt. Bilen kanske har något fel?
Nick: Kanske. Fortsätt leta.
Andrea: Här är ett annat alternativ. Den här bilen kostar lite mindre än trettiotvåtusen kronor med nästan tiotusenåttahundra kilometer. Det är ganska bra.
Nick: Ja, det är det. Är det en tvådörrars eller en fyradörrars?
Andrea: En fyradörrars.
Nick: Vilken årsmodell?
Andrea: Den är från 2010.
Nick: Det är inte för gammalt.
Andrea: Nej, det är det inte.
Nick: Vilken färg har den?
Andrea: Silver.
Nick: Åh, det är en bra färg. Lägg till den bilen på vår lista.
Andrea: Okej. Och här är en annan bil. Den kostar lite mer än tjugofyra och ett halvt tusen kronor och har gått runt hundrasextiotvåtusenfemhundra kilometer.
Nick: Det är många kilometer.
Andrea: Ja, men bilar av det här märket håller länge.
Nick: Det är sant. Är bilen i bra skick?

Andrea: Den har en liten buckla på den bakre stötfångaren. Men allt annat ser bra ut.

Nick: Okej, lägg till den på listan också.

Andrea: Låter bra.

CHOOSING A NEW CAR

Nick: We need a new car.
Andrea: I agree. What kind of car?
Nick: Something cheap but reliable.
Andrea: Yeah. Let's look online.
Nick: Good idea. Look at this one. It's $4,000 and it only has ten thousand miles on it.
Andrea: Hmm... that's so cheap. Maybe the car has a problem?
Nick: Maybe. Let's keep looking.
Andrea: Here is another option. This car is $3,500 with sixty-seven thousand miles. That's pretty good.
Nick: Yeah, that is. Is it a two-door or four-door?
Andrea: It's a four-door.
Nick: What year is it?
Andrea: It's a 2010.
Nick: That's not too old.
Andrea: No, it's not.
Nick: What color is it?
Andrea: Silver.
Nick: Oh, that's a good color. Let's add that car to our list.
Andrea: Okay. And here's another car. It's $2,700 and it has 101,000 miles.
Nick: That's a lot of miles.
Andrea: Yes, but cars from this company last a long time.
Nick: That's true. Is the car in good condition?
Andrea: There is a small dent on the back bumper. But everything else looks good.
Nick: All right, let's add that to our list, too.
Andrea: Sounds good.

4

JAG HITTADE EN KATTUNGE
-
I FOUND A KITTEN (A1)

Andy: Kolla, Mira!
Mira: Vad är det?
Andy: Kom hit och kolla på det här!
Mira: Vad har du hittat?
Andy: Det är en kattunge!
Mira: Oj, jösses! Vad söt den är! Var är mamman?
Andy: Jag vet inte. Den är så liten.
Mira: Stackaren! Låt oss leta efter mamman.
Andy: Okej. Jag håller den så kan vi leta genom området.
Mira: Okej. Du går ditåt och jag går hitåt. Låt oss mötas upp här om femton minuter.
Andy: Bra idé.
(Femton minuter senare...)
Mira: Hittade du mamman?
Andy: Nej. Gjorde du?
Mira: Nej. Vi borde göra affischer med "upphittad kattunge" på och sätta upp dem i kvarteret.
Andy: Ja. Du har bra handstil. Vill du göra det?
Mira: Visst.
Andy: Jag kollar på sociala medier om någon har tappat bort en kattunge.
Mira: Och jag börjar göra affischer!
Andy: Jag hoppas vi hittar kattungens hem! Om vi inte hittar det, så kan vi ta henne till djuradoptionscentret nere i stan.
Mira: Ja! Då kommer hon få ett bra hem. Jag hoppas att de döper henne "Mira" efter mig.
Andy: Haha. Det kanske de gör!

I FOUND A KITTEN

Andy: Mira, look!
Mira: What?
Andy: Come over here and look at this!
Mira: What did you find?
Andy: It's a kitten!
Mira: Oh my gosh! It's adorable! Where is its mom?
Andy: I don't know. It's so tiny.
Mira: Poor thing! Let's look for its mother.
Andy: Okay. I will hold it and we can look around the area.
Mira: All right. You walk that way and I will walk this way. Let's meet back here in fifteen minutes.
Andy: Good idea.
(Fifteen minutes later...)
Mira: Did you find its mother?
Andy: No. Did you?
Mira: No. We should make "lost kitten" signs and put them up in the neighborhood.
Andy: Yeah. You have good handwriting. Do you want to do that?
Mira: Sure.
Andy: I will check social media to see if anyone has lost a kitten.
Mira: And I'll start making signs!
Andy: I hope we find this kitten's home! If we don't find it, we can take her to the animal adoption center downtown.
Mira: Yes! Then she will find a good home. I hope they name her "Mira" after me.
Andy: Ha ha. Maybe they will!

5

DEN BÄSTA PIZZAN

THE BEST PIZZA (A1)

Rafaella: Jag kan inte fatta att vi är här i New York!
Mikey: Jag vet!
Rafaella: Jag är så spänd på att utforska staden!
Mikey: Jag med. Jag är så glad just nu.
Rafaella: Så, vad skulle du vilja göra först?
Mikey: Jag är jättehungrig. Ska vi gå och äta?
Rafaella: Jättebra idé! Vad vill du äta?
Mikey: Vi är i New York, så vi borde äta pizza!
Rafaella: Jag har hört att New York har den bästa pizzan.
Mikey: Jag har också hört det. Vi kan gå till restaurangen tvärsöver gatan.
Rafaella: Jag känner redan doften av pizza!
Mikey: Vilken ska jag beställa?
Rafaella: Jag tycker ostpizzan ser god ut.
Mikey: Det tycker jag med. Vilken ska du ha?
Rafaella: Jag ska ha pepperonipizza.
Mikey: Hur många ska vi köpa?
Rafaella: Ska vi ta två bitar ostpizza och två bitar pepperonipizza?
Mikey: Bra idé! Då kan vi båda prova både ostpizzan och pepperonipizzan.
Rafaella: Kolla! Vår beställning är klar.
Mikey: Jag ska prova en bit nu.
Rafaella: Hur smakar den?
Mikey: Den här pizzan är fantastisk!
Rafaella: Wow, den här är otrolig!
Mikey: Jag tror det här är den bästa pizzan jag någonsin ätit!
Rafaella: Det tror jag med! Jag älskar den här pizzan!

THE BEST PIZZA

Rafaella: I can't believe we are here in New York City!
Mikey: I know!
Rafaella: I am so excited to explore this city!
Mikey: Me too. I'm very happy right now.
Rafaella: So, what would you like to do first?
Mikey: I'm very hungry. Should we get food?
Rafaella: That is a great idea! What do you want to eat?
Mikey: We are in New York so we should get pizza!
Rafaella: I heard New York has the best pizza.
Mikey: I heard that too. Let's go to the restaurant across the street.
Rafaella: I can smell the pizza already!
Mikey: Which one should I order?
Rafaella: I think the cheese pizza looks good.
Mikey: I think so, too. What are you going to get?
Rafaella: I will get the pepperoni pizza.
Mikey: How many should we get?
Rafaella: Let's get two slices of the cheese pizza and two slices of the pepperoni pizza.
Mikey: Good idea! We can both try a cheese pizza and a pepperoni pizza.
Rafaella: Look! Our order is ready.
Mikey: I'm going to try one now.
Rafaella: How is it?
Mikey: This pizza is delicious!
Rafaella: Wow, this is amazing!
Mikey: I think this is the best pizza I've ever had!
Rafaella: I think so, too! I love this pizza!

6

EN NY RUMSKOMPIS
-
NEW ROOMMATE (A1)

Liz: Hej, Derek!
Derek: Hej, Liz! Hur är det?
Liz: Det är bra, men jag är lite stressad.
Derek: Varför då?
Liz: Jag behöver hitta en ny rumskompis snabbt.
Derek: Har Sarah flyttat ut?
Liz: Japp. Hon fick ett jobb i Los Angeles.
Derek: Åh, vad kul! För henne...
Liz: Ja precis, för henne! Hon var den perfekta rumskompisen. Jag vet inte hur jag ska hitta någon så bra som henne.
Derek: Tja, du kanske inte kommer hitta den perfekta rumskompisen, men du kan hitta någon bra!
Liz: Jag hoppas det. Känner du någon som behöver någonstans att bo?
Derek: Hmm... Jag ska fråga min kompis Rebecca. Hon vill bo närmare staden. Jag hör av mig om det snart!
Liz: Okej! Tack så mycket, Derek!
(Tre dagar senare...)
Derek: Hej, Liz. Försöker du fortfarande hitta en rumskompis?
Liz: Ja!
Derek: Jag pratade med Rebecca och hon sa att hon är intresserad av att bo med dig. Hon vill prata med dig och se lägenheten.
Liz: Åh vad bra! Absolut. Ge henne mitt nummer.
Derek: Det ska jag göra. Det finns bara ett problem.
Liz: Åh nej... Vad är det?
Derek: Hon har en katt. Jag vet att du hatar katter.
Liz: Usch.

Derek: Ja…

Liz: Tja… Är katten snäll?

Derek: Ja, det är den faktiskt. Katten är riktigt cool. Den beter sig som en hund.

Liz: På riktigt?

Derek: Ja.

Liz: Okej, jag kan träffa Rebecca och katten. Vem vet? Jag kanske börjar gilla katter!

Derek: Haha, ja! Var öppensinnad. Du behöver verkligen en rumskompis.

Liz. Du har rätt. Det ska jag vara.

NEW ROOMMATE

Liz: Hi, Derek!
Derek: Hey, Liz! How are you?
Liz: I'm good, but I'm a little stressed.
Derek: Why?
Liz: I need to find a new roommate quickly.
Derek: Did Sarah move out?
Liz: Yeah. She got a job in L.A.
Derek: Oh, that's great! For her...
Liz: Yeah, for her! She was the perfect roommate. I don't know how I will find someone as good as her.
Derek: Well, maybe you won't find the perfect roommate, but you can find someone good!
Liz: I hope so. Do you know anyone who needs a place to live?
Derek: Hmm... I'll ask my friend Rebecca. She wants to live closer to the city. I'll let you know soon!
Liz: Okay! Thanks so much, Derek!

(Three days later...)

Derek: Hey, Liz. Are you still trying to find a roommate?
Liz: Yes!
Derek: I talked to Rebecca and she said she is interested in living with you. She wants to talk to you and see the apartment.
Liz: That's great news! Sure. Give her my number.
Derek: I will. There's only one problem.
Liz: Uh oh. What is it?
Derek: She has a cat. I know you hate cats.
Liz: Ugh.
Derek: Yeah...
Liz: Well... is the cat nice?
Derek: Actually, yes. The cat is really cool. It acts like a dog.
Liz: Really?
Derek: Yes.

Liz: Okay. I'll meet Rebecca and the cat. Who knows? Maybe I will start to like cats!

Derek: Ha ha, yes! Keep an open mind. You really need a roommate.

Liz. You're right. I will.

7

EN SOMMARPICKNICK

-

A SUMMER PICNIC (A1)

June: Jag älskar att bo i södra Kalifornien. Somrarna här är så sköna!
Paolo: Jag håller med. Vädret är vackert idag.
June: Jag vill göra något utomhus idag. Vill du följa med?
Paolo: Visst. Vad vill du göra?
June: Jag vill ha picknick. Jag har redan en picknickkorg och en picknickfilt.
Paolo: Perfekt. Vi kan gå till parken.
June: Parken låter bra! Vad ska vi äta på vår picknick?
Paolo: Vi borde äta mackor.
June: Jag kan köpa färskt bröd på bageriet.
Paolo: Jag har skinka och skivad kalkon. Jag har också sallad och tomater.
June: Har du någon senap hemma?
Paolo: Nej. Har du?
June: Nej. Jag köper senapen.
Paolo: Gillar du majonäs?
June: Ja. Har du majonäs?
Paolo: Ja, det har jag. Jag tar med mig majonäsen.
June: Vad vill du dricka under picknicken?
Paolo: Hmm... Kanske vatten och läsk?
June: Jag har vatten men jag har ingen läsk.
Paolo: Jag har läsk hemma. Du kan ta med dig vattnet så tar jag med mig läsken.
June: Det låter bra.
Paolo: Hur dags ska vi ses i parken?
June: Låt oss ses där klockan tio.
Paolo: Okej, vi ses där!

A SUMMER PICNIC

June: I love living in southern California. The summers here are so nice!

Paolo: I agree. The weather is beautiful today.

June: I want to do something outside today. Would you like to join me?

Paolo: Sure. What do you want to do?

June: I want to have a picnic. I already have a picnic basket and a picnic blanket.

Paolo: Perfect. We can go to the park.

June: The park sounds great! What should we eat at our picnic?

Paolo: We should eat sandwiches.

June: I can buy fresh bread at the bakery.

Paolo: I have ham and sliced turkey. I also have lettuce and tomatoes.

June: Do you have mustard at home?

Paolo: No. Do you?

June: No. I will buy the mustard.

Paolo: Do you like mayonnaise?

June: Yes. Do you have mayonnaise?

Paolo: Yes, I do. I will bring the mayonnaise.

June: What would you like to drink at our picnic?

Paolo: Hmmm… maybe water and soda?

June: I have water but I don't have soda.

Paolo: I have soda at home. You can bring the water and I will bring the soda.

June: That sounds good.

Paolo: What time should we meet at the park?

June: We should meet at 10 a.m.

Paolo: Okay, I'll see you there!

8

VAR KOMMER DU IFRÅN?
-
WHERE ARE YOU FROM? (A1)

Ollie: Hej. Jag heter Olivia, men du kan kalla mig Ollie.
Frank: Hej, Ollie. Jag heter Frank. Trevligt att träffas.
Ollie: Trevligt att träffa dig också.
Frank: Var kommer du ifrån?
Ollie: England. Och du?
Frank: Jag kommer från Alaska.
Ollie: Åh, Alaska? Jag har sett bilder på Alaska. Det är vackert där.
Frank: Det är mycket vackert. Var i England kommer du ifrån?
Ollie: En liten stad som heter Alfriston. Ungefär två och en halv timme utanför London.
Frank: Aha. Hur är det i Alfriston?
Ollie: Det är väldigt gulligt och gammaldags. Många av husen är från trettonhundratalet.
Frank: Åh, wow.
Ollie: Ja, det är en riktigt charmig stad. Det finns några traditionella engelska pubar där också.
Frank: Det låter toppen. Jag skulle verkligen vilja se det någon dag!
Ollie: Du borde åka dit! Så, var i Alaska kommer du ifrån?
Frank: Anchorage, den största staden.
Ollie: Hur många personer bor där?
Frank: Nästan trehundratusen, tror jag.
Ollie: Wow. Det är inte särskilt många.
Frank: Haha, nej. Alaskas befolkning är inte speciellt stor.
Ollie: Vad är några roliga saker man kan göra i Anchorage?

Frank: Man kan besöka Alaska Native Heritage Center. Det är ett museum om Alaskas urinvånare. Man kan också åka till olika vackra platser, till exempel Earthquake Park, Glen Alps Trailhead och Point Woronzof.

Ollie: Har du några bilder på de där platserna?

Frank: Ja! Jag ska visa dig.

WHERE ARE YOU FROM?

Ollie: Hi. I'm Olivia, but you can call me Ollie.

Frank: Hey, Ollie. I'm Frank. Nice to meet you.

Ollie: Nice to meet you, too.

Frank: Where are you from?

Ollie: England. What about you?

Frank: I'm from Alaska.

Ollie: Oh, Alaska? I've seen pictures of Alaska. It's beautiful there.

Frank: It's very beautiful. Where in England are you from?

Ollie: A small town called Alfriston. It's about two and a half hours outside of London.

Frank: I see. What is Alfriston like?

Ollie: It's really cute and old. Many of the buildings are from the 1300s.

Frank: Oh, wow.

Ollie: Yeah, the town is really charming. There are some traditional English pubs there, too.

Frank: Sounds great. I would love to see it someday!

Ollie: You should go! So, where in Alaska are you from?

Frank: Anchorage, the biggest city.

Ollie: How many people live there?

Frank: I think almost three hundred thousand.

Ollie: Wow. That's kind of small.

Frank: Ha ha, yeah. Alaska's population isn't very big.

Ollie: What are some fun things to do in Anchorage?

Frank: You can visit the Alaska Native Heritage Center. It is a museum about the indigenous people of Alaska. There are also some beautiful places you can drive to, like Earthquake Park, Glen Alps Trailhead, and Point Woronzof.

Ollie: Do you have pictures of those places?

Frank: Yes! I'll show you.

9

VI ÅKER PÅ EN BILRESA

LET'S TAKE A ROAD TRIP (A1)

Keegan: Jag är uttråkad.
Jennie: Jag med.
Keegan: Vad kan vi göra?
Jennie: Jag vet inte.
Keegan: Hmm...
Jennie: Jag vill åka någonstans.
Keegan: Vart?
Jennie: Jag vet inte riktigt. Jag vet att jag vill köra någonstans.
Keegan: Vilken bra idé! Vi kan åka på en bilresa!
Jennie: Det låter bra. Vart ska vi åka?
Keegan: Jag vet inte. Jag tycker vi borde köra norrut.
Jennie: Okej. Vi kan köra längs kusten och besöka San Francisco.
Keegan: Det låter som en bra idé. Vi kan stanna i Monterey också!
Jennie: Ja! Jag vill till Monterey Aquarium.
Keegan: Jag med. Jag vill se havsuttrarna på Monterey Aquarium.
Jennie: Havsuttrar är så söta!
Keegan: Ja, verkligen.
Jennie: När vill du åka?
Keegan: Jag vill åka med en gång. Kan du åka nu?
Jennie: Japp! Men vi behöver snacks till resan.
Keegan: Vilka snacks vill du ha?
Jennie: Jag vill ha beef jerky och chips.
Keegan: Beef jerky är perfekt för bilresor!
Jennie: Håller med.
Keegan: Jag är så peppad!
Jennie: Kom så åker vi!

LET'S TAKE A ROAD TRIP

Keegan: I'm bored.
Jennie: Me too.
Keegan: What can we do?
Jennie: I don't know.
Keegan: Hmm...
Jennie: I want to go somewhere.
Keegan: Where?
Jennie: I'm not sure. I know I want to drive somewhere.
Keegan: Great idea! Let's go on a road trip!
Jennie: That sounds good. Where should we go?
Keegan: I don't know. I think we should drive north.
Jennie: Okay. We can drive along the coast and visit San Francisco.
Keegan: I like that idea. We can also stop at Monterey!
Jennie: Yes! I want to go to the Monterey Aquarium.
Keegan: Me too. I want to see the sea otters at the Monterey Aquarium.
Jennie: Sea otters are so cute!
Keegan: I agree.
Jennie: When do you want to go?
Keegan: I want to go right now. Can you go right now?
Jennie: Yep! We need snacks for the road trip though.
Keegan: Which snacks would you like?
Jennie: I want to get beef jerky and potato chips.
Keegan: Beef jerky is perfect for road trips!
Jennie: I agree.
Keegan: I'm so excited!
Jennie: Let's go!

10

GRILLA I TRÄDGÅRDEN
-
BACKYARD BBQ (A1)

Jill: Hej, Wilson. Hur är läget?
Wilson: Hallå där, grannen! Det är bra med mig. Hur är det själv?
Jill: Bra, tack! Har du några planer för helgen?
Wilson: Nej. Jag tanker stanna hemma den här helgen. Du då?
Jill: Tim vill grilla i vår trädgård. Vill du komma på vår grillning?
Wilson: Ja, gärna! När är det?
Jill: Lördag, klockan tolv mitt på dagen.
Wilson: Toppen! Vad för mat kommer ni ha på grillningen?
Jill: Vi kommer ha varmkorvar, hamburgare, och grillad kyckling.
Wilson: Det låter utsökt!
Jill: Jag hoppas det.
Wilson: Ska jag ta med mig något?
Jill: Ja, du kan ta med en sallad, eller efterrätt till allihop.
Wilson: Det kan jag göra. Hur många kommer på grillningen?
Jill: Jag tror det blir runt femton.
Wilson: Vad många!
Jill: Ja, vi bjöd in många av våra vänner.
Wilson: Får jag ta med en vän?
Jill: Visst, vem?
Wilson: Hon heter Mary. Vi träffades i affären.
Jill: Åh, wow! Gillar du henne?
Wilson: Ja, det gör jag. Jag skulle gärna vilja att ni träffas.
Jill: Det låter bra. Jag är så glad för din skull!
Wilson: Tack.
Jill: Varsågod! Jag måste gå hem nu, men vi ses på lördag.

Wilson: Ja, vi ses på lördag! Jag ser fram emot det.
Jill: Jag med. Hejdå!
Wilson: Vi ses.

BACKYARD BBQ

Jill: Hi, Wilson. How are you doing?

Wilson: Hi there, neighbor! I'm doing well. How are you?

Jill: Fine, thanks! Do you have plans this weekend?

Wilson: No. I'm staying home this weekend. What about you?

Jill: Tim wants to have a barbecue in our backyard. Would you like to come to our barbecue?

Wilson: I would love to! When is it?

Jill: Saturday at noon.

Wilson: Great! Which foods will you have at the barbecue?

Jill: We will have hot dogs, hamburgers, and barbecued chicken.

Wilson: That sounds delicious!

Jill: I hope so.

Wilson: Should I bring anything?

Jill: Yes, you can bring a salad or dessert for everyone.

Wilson: I'll do that. How many people are coming to the barbecue?

Jill: I think about fifteen.

Wilson: That is a lot of people!

Jill: Yes, we invited many of our friends.

Wilson: May I bring a friend?

Jill: Sure, who is it?

Wilson: Her name is Mary. I met her at the supermarket.

Jill: Oh, wow! Do you like her?

Wilson: Yes, I do. I want you to meet her.

Jill: That sounds good. I'm excited for you!

Wilson: Thank you.

Jill: You're welcome! I have to go home now, but I will see you this Saturday.

Wilson: Yes, see you this Saturday! I'm looking forward to it.

Jill: Me too. Goodbye!

Wilson: See you later.

11

EN ANDRA FÖRSTA DEJT

A SECOND FIRST DATE (A1)

Darius: Hej. Är du Cassandra?
Cassandra: Ja! Är du Darius?
Darius: Ja, trevligt att träffas!
Cassandra: Trevligt att träffa dig också. Hur har din dag varit?
Darius: Jag har haft fullt upp. Hur var din dag?
Cassandra: Jag har också haft mycket.
Darius: Tja, jag hoppas att du är hungrig.
Cassandra: Jag är hungrig och redo att äta.
Darius: Fint! Vad vill du äta?
Cassandra: Jag tycker fisken ser god ut.
Darius: Jag tycker också att fisken ser god ut. Jag beställer fisken till oss båda.
Cassandra: Okej!
Darius: Så, berätta om dig själv. Vad jobbar du med?
Cassandra: Jag jobbar på en advokatbyrå. Jag är advokat.
Darius: Åh, coolt. Gillar du ditt jobb?
Cassandra: Det är väldigt tufft, men jag älskar att vara advokat. Och jag älskar min firma.
Darius: Vad är det du älskar med din firma?
Cassandra: Alla är så trevliga på min firma. Och så har vi en kaffemaskin som kan göra tjugo olika sorters kaffedrinkar.
Darius: Wow! Vänta... Är den här kaffemaskinen vit?
Cassandra: Ja, hur visste du det?
Darius: Köpte din chef kaffemaskinen till allihop?
Cassandra: Ja... vänta. Jobbar du på en bank?

Darius: Ja...

Cassandra: Har vi gått på en dejt förut?

Darius: Ja... jag tror det. Det här var pinsamt. Tja, trevligt att träffas igen!

Cassandra: Öh, trevligt att träffa dig också, igen!

A SECOND FIRST DATE

Darius: Hey. Are you Cassandra?
Cassandra: Yes! Are you Darius?
Darius: Yes, nice to meet you!
Cassandra: Nice to meet you, too. How was your day?
Darius: Pretty busy. How was your day?
Cassandra: Mine was busy, too.
Darius: Well, I hope you're hungry.
Cassandra: I'm hungry and ready to eat.
Darius: Great! What would you like to eat?
Cassandra: I think the fish looks good.
Darius: I think the fish looks good, too. I'll order the fish for us.
Cassandra: Okay!
Darius: So tell me about yourself. What do you do for work?
Cassandra: I work at a law firm. I'm a lawyer.
Darius: Oh, cool. Do you like your job?
Cassandra: It's very hard, but I love being a lawyer. I also love my firm.
Darius: What do you love about your firm?
Cassandra: Everyone is very nice at my firm. Also, we have a coffee machine that makes twenty different kinds of coffee drinks.
Darius: Wow! Wait... is this coffee machine white?
Cassandra: Yes, how did you know?
Darius: Did your boss buy the coffee machine for everyone?
Cassandra: Yes... wait. Do you work at a bank?
Darius: Yes...
Cassandra: Did we go on a date before?
Darius: Yes... I think we did. This is awkward. Well, nice to meet you again!
Cassandra: Uh, nice to meet you again, too!

12

VEM BOR DU MED?
-
WHO DO YOU LIVE WITH? (A1)

Lorenzo: Hej, Elena. Är du trött?
Elena: Ja, lite. Jag sov inte så bra i natt.
Lorenzo: Nehej? Varför inte?
Elena: Min systers bebis grät hela natten.
Lorenzo: Åh, nej. Sådant är inte kul för någon.
Elena: Nej, inte alls.
Lorenzo: Hur gammal är bebisen?
Elena: Han är tre månader.
Lorenzo: Åh, han är jätteliten! Ja, bebisar gråter mycket i den åldern.
Elena: Japp. Jag vill bo ensam men lägenheter i den här staden är så dyra.
Lorenzo: Ja, det är de.
Elena: Vem bor du med?
Lorenzo: Min kompis Matteo. Vi har en tvårumslägenhet.
Elena: Coolt. Är han en bra rumskompis?
Lorenzo: Ja, han är en jättebra rumskompis. Men han snarkar högt!
Elena: Åh, gör han?
Lorenzo: Ja. Jag använder öronproppar nästan varje natt. Ibland sover jag inte särskilt bra.
Elena: Så vi har ungefär samma problem! Förutom att min rumskompis är en bebis.
Lorenzo: Haha, sant! Och förhoppningsvis kommer din rumskompis att sluta gråta så mycket om några månader. Jag vet inte om Matteo kommer sluta snarka!
Elena: Jag hoppas det! Jag älskar min systerson, dock. Han är så gullig.
Lorenzo: Du har tur som får spendera så mycket tid med honom.
Elena: Jag vet.

Lorenzo: Okej, jag måste gå. Jag hoppas du får sova i natt!
Elena: Jag med!

WHO DO YOU LIVE WITH?

Lorenzo: Hey, Elena. Are you tired?

Elena: Yeah, a little. I didn't sleep much last night.

Lorenzo: Really? Why not?

Elena: My sister's baby was crying all night.

Lorenzo: Oh, no. That's not fun for anyone.

Elena: No, it's not.

Lorenzo: How old is the baby?

Elena: He's three months.

Lorenzo: Oh, he's super young! Yeah, babies cry a lot at that age.

Elena: Yep. I want to live alone but apartments in this city are so expensive.

Lorenzo: Yes, they are.

Elena: Who do you live with?

Lorenzo: My friend Matteo. We have a two-bedroom apartment.

Elena: Cool. Is he a good roommate?

Lorenzo: Yeah, he's a really good roommate. But he snores loudly!

Elena: Oh, he does?

Lorenzo: Yeah. I wear ear plugs almost every night. Sometimes I don't sleep very well.

Elena: So we have a similar problem! Except my roommate is a baby.

Lorenzo: Ha ha, true! And hopefully in a few months your roommate will stop crying so much. I don't know if Matteo will stop snoring!

Elena: I hope so! I love my nephew, though. He's so cute.

Lorenzo: You're lucky that you can spend so much time with him.

Elena: I know.

Lorenzo: Okay, well, I have to go. I hope you can sleep tonight!

Elena: Me too!

13

MIN FAVORITLÄRARE
-
MY FAVORITE TEACHER (A1)

Carrie: Hej, Rajesh. Hur är det?
Rajesh: Hej, Carrie. Det är rätt bra. Vad gör du?
Carrie: Jag kollar på foton från gymnasiet.
Rajesh: Åh, coolt. Kan jag få se några?
Carrie: Visst.
Rajesh: Vilka är de där tjejerna?
Carrie: De är mina kompisar, Alana och Rachel. De var mina bästa vänner på gymnasiet.
Rajesh: Kul! Är du fortfarande vän med dem?
Carrie: Ja. Alana bor i Portland, så jag träffar henne hela tiden. Och jag träffade Rachel förra veckan. Hon bor i New York, men hon kom tillbaka till Portland för att träffa sin familj och vi åt middag tillsammans allihop. Jag träffar henne bara en eller två gånger om året, så det var kul att se henne.
Rajesh: Vad roligt. De flesta av mina kompisar från gymnasiet bor i olika städer så jag träffar dem inte särskilt ofta.
Carrie: Åh, vad synd.
Rajesh: Ja, men vi håller kontakten, så det är okej.
Carrie: Bra.
Rajesh: Vem är det där?
Carrie: Det är herr Byrne. Han var min fotolärare.
Rajesh: Åh, tog du fotokurser?
Carrie: Ja! Jag älskade fotografering på gymnasiet. Jag pluggade faktiskt konst på högskolan.
Rajesh: Gjorde du?
Carrie: Ja, men jag bytte huvudinriktning efter två år. Jag bestämde mig för att jag bara ville fotografera för skojs skull, inte som ett jobb.

Rajesh: Det var förmodligen en bra idé. Pratar du fortfarande med herr Byrne?

Carrie: Ja, faktiskt! Han var min favoritlärare! Jag älskar fotografering tack vare honom.

Rajesh: Det är så coolt! Jag höll inte kontakten med min favoritlärare, men jag är väldigt tacksam för henne.

Carrie: Lärare är fantastiska.

Rajesh: Ja, det är de verkligen!

MY FAVORITE TEACHER

Carrie: Hey, Rajesh. How are you?

Rajesh: Hi, Carrie. I'm pretty good. What are you up to?

Carrie: I'm looking at pictures from high school.

Rajesh: Oh, cool. Can I see some?

Carrie: Sure.

Rajesh: Who are those girls?

Carrie: Those are my friends, Alana and Rachel. They were my best friends in high school.

Rajesh: Nice! Are you still friends with them?

Carrie: Yeah. Alana lives in Portland, so I see her all the time. And I saw Rachel last week. She lives in New York but she came back to Portland to visit her family, and we all had dinner. I only see her once or twice a year, so it was nice to see her.

Rajesh: That's awesome. Most of my friends from high school live in different cities so I don't see them very often.

Carrie: Aw, that's too bad.

Rajesh: Yeah, but we keep in touch, so it's okay.

Carrie: Good.

Rajesh: Who's that guy?

Carrie: That's Mr. Byrne. He was my photography teacher.

Rajesh: Oh, you took photography?

Carrie: Yep! I loved photography in high school. I actually studied art in college.

Rajesh: You did?

Carrie: Yeah, but I changed majors after two years. I decided I only wanted to do photography for fun, not as a job.

Rajesh: That was probably a good idea. Do you still talk to Mr. Byrne?

Carrie: Actually, yes! He was my favorite teacher! I love photography because of him.

Rajesh: That's so cool! I didn't keep in touch with my favorite teacher, but I am very grateful for her.

Carrie: Teachers are amazing.

Rajesh: Yes, they are!

14

EN PROMENAD PÅ STRANDEN
-
A WALK ON THE BEACH (A1)

Lynn: Vilken underbar dag!
Adamu: Ja, det är det. En perfekt dag för en promenad på stranden!
Lynn: Vi är så lyckligt lottade som bor så nära stranden.
Adamu: Ja. Vi borde komma hit oftare.
Lynn: Ja, det borde vi. Jag älskar känslan av sand under fötterna.
Adamu: Jag med. Men ibland är sanden het!
Lynn: Sant. Den känns skön just nu, i alla fall.
Adamu: Ja.
Lynn: Jag tror jag ska plocka några snäckor.
Adamu: Det låter kul. Jag tror jag ska simma. Vattnet ser så inbjudande ut.
Lynn: Okej! Var försiktig!
Adamu: Jag tänker inte simma så långt ut. Jag vill bara simma ett par minuter. Och jag är en bra simmare.
Lynn: Okej.
(Tio minuter senare...)
Adamu: Det var så uppfriskande! Hittade du några fina snäckor?
Lynn: Ja, några stycken. Kolla på den här.
Adamu: Åh, vilken cool! Den är så färgrik.
Lynn: Var vattnet kallt?
Adamu: Till en början, men sen kändes det skönt. Vågorna var dock lite starka.
Lynn: Ja, de såg starka ut!
Adamu: Jag tänker sitta i sanden ett tag så jag torkar.
Lynn: Okej. Jag tänker leta efter fler snäckor. Jag kommer snart tillbaka!
Adamu: Ha så kul!

A WALK ON THE BEACH

Lynn: It's such a beautiful day!

Adamu: Yes, it is. A perfect day for a walk on the beach!

Lynn: We're so lucky that we live close to the beach.

Adamu: Yeah. We should come more often.

Lynn: Yes, we should. I love the feeling of the sand under my feet.

Adamu: Me too. But sometimes the sand is hot!

Lynn: True. It feels nice right now, though.

Adamu: Yeah.

Lynn: I think I will collect some shells.

Adamu: That sounds fun. I think I will go for a swim. The water looks so inviting.

Lynn: Okay! Be careful!

Adamu: I won't go out very far. I just want to swim for a couple minutes. And I'm a good swimmer.

Lynn: All right.

(Ten minutes later...)

Adamu: That was so refreshing! Did you find some good shells?

Lynn: Yes, a few. Look at this one.

Adamu: Oh, that's cool! It's so colorful.

Lynn: Was the water cold?

Adamu: It was cold at first, but then it felt good. The waves were a little strong, though.

Lynn: Yeah, they looked strong!

Adamu: I will sit on the sand for a while so I can dry off.

Lynn: Okay. I will look for some more shells. I will be back soon!

Adamu: Have fun!

15

DE BÄSTA SÄTTEN ATT LÄRA SIG ETT SPRÅK
-
BEST WAYS TO LEARN A LANGUAGE (A1)

Mitchell: Jag vill förbättra min japanska.
Lacey: Talar du japanska?
Mitchell: Ja, lite.
Lacey: Det visste jag inte.
Mitchell: Jag började lära mig japanska för tre eller fyra år sen.
Lacey: Gjorde du? Varför?
Mitchell: Jag älskar språket och kulturen. Jag åkte till Japan när jag var liten. Sedan dess, har jag alltid varit intresserad av Japan.
Lacey: Vad intressant. Hur pluggar du japanska?
Mitchell: Jag går en onlinekurs och jag har en app på min telefon. Men jag blir inte så mycket bättre.
Lacey: Kollar du på japanska filmer eller tv-serier?
Mitchell: Ibland.
Lacey: Du kanske borde kolla på dem oftare.
Mitchell: Jag försöker. Men ibland är det svårt att förstå dialogerna.
Lacey: Testa att kolla med japanska undertexter. Då kan du läsa japanska, och lyssna på samma gång. Det kommer hjälpa både din hörförståelse och förmåga att tala.
Mitchell: Det är en bra idé. Vad mer borde jag göra?
Lacey: Talar du någonsin med japaner?
Mitchell: Inte riktigt.
Lacey: Min kompis är med i en japansk-engelsk språk- och kulturutbytesgrupp. Du borde gå med i den gruppen. De träffas en gång i månaden och övar engelska och japanska.
Mitchell: Åh, det låter perfekt!
Lacey: Jag ska få tag på informationen åt dig!

BEST WAYS TO LEARN A LANGUAGE

Mitchell: I want to improve my Japanese.

Lacey: You speak Japanese?

Mitchell: Yes, a little.

Lacey: I didn't know that.

Mitchell: I started learning Japanese three or four years ago.

Lacey: Really? Why?

Mitchell: I love the language and the culture. I went to Japan when I was a child. After that, I have always been interested in Japan.

Lacey: That's interesting. How do you study Japanese?

Mitchell: I take an online course and I have an app on my phone. But I'm not really getting better.

Lacey: Do you watch Japanese movies or TV shows?

Mitchell: Sometimes.

Lacey: Maybe you should watch them more often.

Mitchell: I try to. But sometimes it's hard to understand the dialogue.

Lacey: Try watching with Japanese subtitles. Then you can read Japanese and listen at the same time. Doing that will help both your listening and your speaking skills.

Mitchell: That's a good idea. What else should I do?

Lacey: Do you ever speak to Japanese people?

Mitchell: Not really.

Lacey: My friend is in a Japanese and English language and cultural exchange group. You should join the group. They meet once a month and practice English and Japanese.

Mitchell: Oh, that sounds perfect!

Lacey: I will get the information for you!

16

VAD ÄR DET DÄR FÖR LJUD?
-
WHAT'S THAT SOUND? (A1)

Claire: Vad är det där för ljud?
Ernesto: Vilket ljud?
Claire: Hör du inte?
Ernesto: Nej...
Claire: Det låter som en groda.
Ernesto: En groda?
Claire: Ja.
Ernesto: Jag hör ingenting.
Claire: Men det är högljutt!
Ernesto: Du kanske inbillar dig.
Claire: Nej, du kanske bara har dålig hörsel!
Ernesto: Min hörsel är fantastisk.
Claire: Där! Jag hörde det igen.
Ernesto: Hmm... Det där hörde jag. Du har rätt. Det låter som en groda.
Claire: Ha! Jag sa ju det!
Ernesto: Men vi bor i staden. Det finns inga grodor här.
Claire: Det kanske är någons husdjur som har rymt från deras hus.
Ernesto: Låt oss leta efter den.
Claire: Okej!
Ernesto: Du letar bakom byggnaden. Jag letar framför byggnaden.
Claire: Det är läskigt bakom byggnaden. Jag letar framför.
Ernesto: Okej. Använd ficklampan på din mobil.
Claire: Bra idé.
Ernesto: Jag hittade den!
Claire: Gjorde du?!

Ernesto: Åh, vänta, nej. Det är bara en sten.
Claire: Jag tror jag har hittat den!
Ernesto: Åh, jösses! Jag ser den!
Claire: Han är så söt! Kan vi behålla honom?
Ernesto: Nej, vi kan inte ha vilda djur hemma, även om de är söta.
Claire: Åh, okej då. Jaja, det här var en trevlig runda i naturen!
Ernesto: Haha, ja det var det!

WHAT'S THAT SOUND?

Claire: What's that sound?
Ernesto: What sound?
Claire: You don't hear that?
Ernesto: No...
Claire: It sounds like a frog.
Ernesto: A frog?
Claire: Yeah.
Ernesto: I don't hear anything.
Claire: But it's loud!
Ernesto: Maybe you're imagining the sound.
Claire: No, maybe you just have bad hearing!
Ernesto: My hearing is amazing.
Claire: There! I heard it again.
Ernesto: Hmm... I heard that. You're right. It sounds like a frog.
Claire: Aha! I told you!
Ernesto: But we live in the city. There are no frogs here.
Claire: Maybe it was someone's pet and it escaped from their house.
Ernesto: Let's look for it.
Claire: Okay!
Ernesto: You look behind the building. I'll look in front of the building.
Claire: It's scary behind the building. I'll look in front.
Ernesto: Fine. Use the flashlight on your phone.
Claire: Good idea.
Ernesto: I found it!
Claire: You did?!
Ernesto: Oh, wait, no. That's just a rock.
Claire: I think I found it!
Ernesto: Oh my gosh! I see it!
Claire: He's so cute! Can we keep him?
Ernesto: No, we can't keep wild animals, even if they are cute.
Claire: Ugh, fine. Well, this was a fun nature walk!
Ernesto: Ha ha, yes it was!

17

DET ÄR JOBBIGT ATT SPRINGA
-
RUNNING IS HARD (A1)

Kylie: Vill du ut och springa med mig, Marcus?
Marcus: Öhm... inte direkt.
Kylie: Varför inte?
Marcus: Jag gillar inte att springa.
Kylie: Gör du inte? Men du är i bra form.
Marcus: Ja, jag går på gym och lyfter vikter. Och jag spelar basket ibland. Men jag gillar inte att springa längre sträckor.
Kylie: Om du följer med kan vi springa långsamt och ta massa pauser.
Marcus: Hmm... okej. Jag följer med.
Kylie: Tjoho!
Marcus: När tänkte du?
Kylie: Nu.
Marcus: Åh, jaha? Okej. Låt mig ta på mig mina löparskor.
Kylie: Visst.
Marcus: Klar!
Kylie: Kom igen!
Marcus: Hallå, sakta ner!
Kylie: Jag springer långsamt!
Marcus: Kan du springa långsammare?
Kylie: I så fall kommer vi gå, inte springa.
Marcus: Puh, det är jobbigt att springa!
Kylie: Det är svårt i början. Men det blir lättare. Du borde testa att springa två eller tre gånger i veckan, bara korta sträckor. Då kommer det gå lättare.
Marcus: Okej, jag ska testa det.
Kylie: Och du kan hjälpa mig att lyfta vikter. Vi kan hjälpa varandra.
Marcus: Absolut!

RUNNING IS HARD

Kylie: Do you want to go running with me, Marcus?
Marcus: Umm... not really.
Kylie: Why not?
Marcus: I don't like running.
Kylie: You don't? But you're in good shape.
Marcus: Yeah, I go to the gym and lift weights. And I play basketball sometimes. But I don't like running long distances.
Kylie: If you go with me, we can run slowly and take lots of breaks.
Marcus: Hmm... okay. I'll go.
Kylie: Yay!
Marcus: When are you going?
Kylie: Now.
Marcus: Ah, really? Okay. Let me put my running shoes on.
Kylie: All right.
Marcus: Ready!
Kylie: Let's go!
Marcus: Hey, slow down!
Kylie: I am going slowly!
Marcus: Can you go more slowly?
Kylie: If we go more slowly, we will be walking.
Marcus: Ugh, running is hard!
Kylie: It's hard in the beginning. But it gets easier. You should try to run two or three times a week, just short distances. And then it will get easier.
Marcus: Okay, I'll try that.
Kylie: And you can help me lift weights. We can help each other.
Marcus: Deal!

18

BAKA KAKOR
-
BAKING COOKIES (A1)

Betty: Vi har inte bakat kakor på länge.
Duncan: Du har rätt. Jag vill ha kakor nu.
Betty: Jag med.
Duncan: Vill du baka några?
Betty: Absolut!
Duncan: Vilken sorts kakor ska vi baka?
Betty: Kan vi baka två olika sorter?
Duncan: Visst! Vilka sorter?
Betty: Jag vill ha chocolate chip cookies och snickerdoodles.
Duncan: Suveränt. Har vi mjöl och socker?
Betty: Nej, det har vi inte. Jag har frusen kakdeg i frysen.
Duncan: Perfekt! De är lätta att baka.
Betty: Här, varsågod. Har du en bakplåt?
Duncan: Ja, det har jag. Här är den.
Betty: Toppen! Kan du sätta på ugnen nu?
Duncan: Ja.
Betty: Kan du förvärma ugnen till hundraåttio grader Celsius?
Duncan: Okej. Vill du ha hjälp med kakdegen?
Betty: Visst! Skär av en liten bit med en kniv.
Duncan: Okej. Och nu?
Betty: Rulla biten till en liten boll. Sen lägger du bollen på bakplåten.
Duncan: Okej. Kan vi äta kakdegen?
Betty: Nej.
Duncan: Men kakdegen är så god!
Betty: Det är inte bra för dig!

BAKING COOKIES

Betty: We haven't baked cookies in a long time.
Duncan: You're right. I want cookies now.
Betty: Me too.
Duncan: Do you want to bake some?
Betty: Sure!
Duncan: What kind of cookies should we bake?
Betty: Can we bake two different kinds?
Duncan: Sure! Which kinds?
Betty: I want chocolate chip cookies and snickerdoodles.
Duncan: Awesome. Do we have any flour or sugar?
Betty: No, we don't. I have frozen cookie dough in the freezer.
Duncan: Perfect! Those are easy to bake.
Betty: Here you go. Do you have a baking pan?
Duncan: Yes, I do. Here it is.
Betty: Great! Now, can you turn on the oven?
Duncan: Yes.
Betty: Can you heat the oven to three hundred fifty degrees Fahrenheit?
Duncan: Okay. Do you want help with the cookie dough?
Betty: Sure! Cut a small piece with a knife.
Duncan: Got it. What now?
Betty: Make a ball with that small piece. Then, put the ball on the baking pan.
Duncan: Okay. Can we eat the cookie dough?
Betty: No.
Duncan: But the cookie dough is so delicious!
Betty: It's not good for you!

19

VALSKÅDNING
-
WHALE WATCHING (A1)

Janina: Jag är så exalterad över att åka på valskådning idag!

Crisanto: Det är jag med.

Janina: Kommer du ihåg när vi åkte på valskådning för några år sen? Vi såg fem eller sex valar!

Crisanto: Det var så coolt. Vi kanske har tur och får se en massa valar idag igen!

Janina: Jag hoppas det.

Crisanto: Tog du med dig din jacka? Det kommer bli lite kallt.

Janina: Ja, och jag tog med mig en halsduk och handskar också.

Crisanto: Bra. Åh, båten rör sig! Nu åker vi!

Janina: Jippie! Jag hoppas att vi får se delfiner också. Vi såg så många delfiner förra gången!

Crisanto: Jag vet. Jag älskar delfiner.

Janina: Jag med. Jag tror att de är mitt favoritdjur.

Crisanto: Mer än valar?

Janina: Ja.

Crisanto: Ssh. Säg inte det så högt. Valarna kommer bli ledsna.

Janina: Hoppsan, okej.

(Trettio minuter senare...)

Crisanto: Kolla!

Janina: Var?

Crisanto: Där borta!

Janina: Jag ser ingenting!

Crisanto: Den är där.

Janina: Jag ser den! Så coolt!

Crisanto: Det är två valar tillsammans! Och det ser ut som att de vinkar till oss!

Janina: Haha. Hej, valarna!

Crisanto: Vi borde åka på valskådning varje år!

Janina: Jag håller med!

WHALE WATCHING

Janina: I'm so excited to go whale watching today!

Crisanto: I am, too.

Janina: Do you remember when we went whale watching a few years ago? We saw five or six whales!

Crisanto: That was so cool. Maybe we will be lucky again and see lots of whales today!

Janina: I hope so.

Crisanto: Did you bring your jacket? It will be a little cold.

Janina: Yes, and I brought a scarf and gloves, too.

Crisanto: Good. Oh, the boat is moving! Here we go!

Janina: Yay! I also hope we see dolphins. We saw so many dolphins last time!

Crisanto: I know. I love dolphins.

Janina: Me too. I think they are my favorite animal.

Crisanto: More than whales?

Janina: Yeah.

Crisanto: Shh. Don't say that so loud. The whales will be sad.

Janina: Oops, okay.

(Thirty minutes later...)

Crisanto: Look!

Janina: Where?

Crisanto: Over there!

Janina: I don't see anything!

Crisanto: It's there.

Janina: I see it! So cool!

Crisanto: There are two whales together! And it looks like they're waving to us!

Janina: Ha ha. Hi, whales!

Crisanto: We should go whale watching every year!

Janina: I agree!

20

EN LÅNG FLYGRESA
-
A LONG FLIGHT (A1)

Joanna: Usch, jag ser inte fram emot den här flygresan.
Fred: Varför inte?
Joanna: För att den är tio timmar lång!
Fred: Ja. Men du kan ju bara sova.
Joanna: Jag kan inte sova på flygplan.
Fred: Inte?
Joanna: Nej. Kan du?
Fred: Ja, jag kan sova helt okej.
Joanna: Inte jag. Det är för obekvämt.
Fred: Vad gör du under långa flygresor?
Joanna: Jag läser böcker och kollar på filmer.
Fred: Blir du uttråkad?
Joanna: Ja, såklart. Men flyg har ganska bra filmer nuförtiden. Jag såg fyra filmer under min flygresa förra året.
Fred: Wow. Det är många filmer! Vilka typer av filmer såg du?
Joanna: En actionfilm, två dramafilmer, och en sorglig film. Jag försöker att inte se sorgliga filmer på flygplan för jag gråter så mycket!
Fred: Haha, gör du?
Joanna: Ja. Det är pinsamt.
Fred: Tja, ibland snarkar jag när jag sover på flygplan! Jag tycker att det är pinsammare än att gråta.
Joanna: Ja, jag tror du vinner där! Jag känner mig redan bättre.
Fred: Haha. Glad att jag kunde hjälpa till!

A LONG FLIGHT

Joanna: Ugh, I'm not excited about this flight.

Fred: Why not?

Joanna: Because it's ten hours long!

Fred: Yeah. But you can just sleep.

Joanna: I can't sleep on planes.

Fred: Really?

Joanna: No. Can you?

Fred: Yeah, I can sleep pretty well.

Joanna: I can't. I'm too uncomfortable.

Fred: What do you do on long flights?

Joanna: I read books and watch movies.

Fred: Do you get bored?

Joanna: Yeah, of course. But planes have pretty good movies these days. I watched four movies on my flight last year.

Fred: Wow. That's a lot of movies! What kind of movies did you watch?

Joanna: An action movie, two dramas, and one sad movie. I try not to watch sad movies on planes because I cry a lot!

Fred: Ha ha, really?

Joanna: Yeah. It's embarrassing.

Fred: Well, sometimes I snore when I sleep on planes! I think that's more embarrassing than crying.

Joanna: Yes, I think you win! I feel better now.

Fred: Ha ha. I'm glad I helped!

21

SKRIVA PROV
-
TAKING TESTS (A1)

Gabrielle: Hallå, Luca. Vad gör du?
Luca: Hej, Gabrielle. Jag pluggar. Och du?
Gabrielle: Jag har rast mellan mina lektioner nu, så jag tänker sitta och lyssna på lite musik.
Luca: Coolt. Jag vill också ta det lugnt, men jag måste plugga.
Gabrielle: Vad pluggar du?
Luca: Kinesisk historia.
Gabrielle: Åh, det låter svårt.
Luca: Ja. Det är coolt, men det är lite svårt. Det är så många platser och namn att komma ihåg!
Gabrielle: Vilken typ av test är det?
Luca: Flervalsfrågor, korta svar, och essäfrågor.
Gabrielle: Det låter inte enkelt!
Luca: Nej... professorn är bra men hennes kurs är tuff. Jag lär mig dock mycket.
Gabrielle: Coolt. Hur lång är tentan?
Luca: En och en halv timme.
Gabrielle: Får du kolla på dina anteckningar under provet?
Luca: Nej. Vi måste memorera allt.
Gabrielle: Jag förstår.
Luca: Du får alltid bra betyg på prov. Hur gör du?
Gabrielle: Haha, inte alltid! Jag vet inte. Jag pluggar mycket, antar jag.
Luca: Jag pluggar också mycket, men jag får dåliga betyg ibland ändå. Jag gör inte bra ifrån mig på prov.
Gabrielle: Jag kan ge dig några pluggtips om du vill. De kanske kan hjälpa dig.
Luca: Det vore toppen!

TAKING TESTS

Gabrielle: Hey, Luca. What are you doing?

Luca: Hi, Gabrielle. I'm studying. What about you?

Gabrielle: I have a break between classes now, so I will sit and listen to some music.

Luca: Cool. I want to relax too, but I have to study.

Gabrielle: What are you studying?

Luca: Chinese history.

Gabrielle: Oh, that sounds hard.

Luca: Yeah. It's cool, but it's a little difficult. There are so many places and names to remember!

Gabrielle: What kind of test is it?

Luca: Multiple choice, short answer, and writing.

Gabrielle: That doesn't sound easy!

Luca: No... the professor is good but her class is tough. I'm learning a lot though.

Gabrielle: That's cool. How long is the test?

Luca: An hour and a half.

Gabrielle: Can you look at your notes during the test?

Luca: No. We have to memorize everything.

Gabrielle: I see.

Luca: You always get good grades on tests. How do you do it?

Gabrielle: Ha ha, not always! I don't know. I guess I study a lot.

Luca: I study a lot, too, but I get bad grades sometimes. I'm not good at tests.

Gabrielle: I can give you some study tips if you want. Maybe they will help you.

Luca: I would love that!

22

KOM SÅ GÅR VI TILL GYMMET
-
LET'S GO TO THE GYM (A1)

Ron: Hej, Leslie. Är du upptagen just nu?
Leslie: Hej, Ron. Nej, det är jag inte. Vad är det?
Ron: Jag vill gå till gymmet. Vill du följa med mig?
Leslie: Jag vet inte. Jag är inte medlem på gymmet.
Ron: Inte jag heller. Jag funderar på att bli det.
Leslie: Okej.
Ron: Vi kan bli medlemmar båda två!
Leslie: Visst! Vilket gym vill du gå med i?
Ron: Jag är inte säker. Jag vill träna, men jag vill ha ett roligt träningspass.
Leslie: Gillar du bergsklättring?
Ron: Ingen aning. Jag har aldrig bergsklättrat.
Leslie: Det öppnade ett nytt bergsklättringsgym förra veckan.
Ron: Coolt! Måste jag vara bra på att klättra för att gå med?
Leslie: Nej, det behöver du inte. Vem som helst kan gå med.
Ron: Hur mycket kostar ett medlemskap?
Leslie: Jag tror att ett medlemskap kostar ungefär tvåhundrasextio kronor i månaden. Och den första veckan är gratis!
Ron: Det låter fantastiskt! Jag visste inte att du gillade bergsklättring.
Leslie: Det gör jag! Ska vi bli medlemmar på bergsklättringsgymmet?
Ron: Okej! Behöver jag klättringsskor?
Leslie: Nej. Du kan använda gympaskor.
Ron: Behöver jag några särskilda kläder?
Leslie: Nej, det gör du inte. Du kan ha på dig vanliga träningskläder.
Ron: Okej. Det här är spännande!
Leslie: Ja, det är det! Är du redo?
Ron: Ja, kom så kör vi!

LET'S GO TO THE GYM

Ron: Hi, Leslie. Are you busy right now?
Leslie: Hi, Ron. No, I'm not. What's up?
Ron: I want to go to the gym. Will you come with me?
Leslie: I don't know. I don't have a gym membership.
Ron: I don't either. I'm thinking of joining a gym.
Leslie: Okay.
Ron: Let's join one together!
Leslie: Sure! Which gym do you want to join?
Ron: I'm not sure. I want to exercise, but I want a fun workout.
Leslie: Do you like rock climbing?
Ron: I don't know. I have never gone rock climbing.
Leslie: A new rock-climbing gym opened up last week.
Ron: That's cool! Do I have to be good at rock climbing to join?
Leslie: No, you don't. Anyone can join.
Ron: How much is the membership?
Leslie: I think the membership is about thirty dollars a month. Also, the first week is free!
Ron: That's amazing! I didn't know you liked rock climbing.
Leslie: I do! Should we join the rock-climbing gym?
Ron: Okay! Do I need rock climbing shoes?
Leslie: No. You can wear sneakers.
Ron: Do I need special clothes?
Leslie: No, you don't. You can wear normal exercise clothes.
Ron: Okay. This is exciting!
Leslie: It is! Are you ready to go?
Ron: Yeah, let's do it!

23

VÅR RESA TILL PARIS

-

OUR TRIP TO PARIS (A1)

Rachelle: Hej, Cesar!

Cesar: Hej, hur är det med dig? Jag såg bilderna från semestern! Det såg fantastiskt ut!

Rachelle: Det var det! Jag ville inte åka hem.

Cesar: Det förvånar mig inte. Ni gjorde så många coola saker! Jag älskade dina bilder från Louvren och Montmartre.

Rachelle: Tack. Jag tog ungefär femhundra foton under resan. Jag la bara upp några av dem på sociala medier, men jag ska göra ett album med alla foton. Du kan komma förbi och kolla på det.

Cesar: Det gör jag gärna! Maten såg också fantastisk ut. Jag är så avundsjuk.

Rachelle: Åh, jösses. Jag var i himlen. Du vet att jag älskar vin och ost.

Cesar: Tog du med dig något vin till mig?

Rachelle: Jag hade inte plats i min resväska! Men du kan få lite när du kommer förbi och kollar på bilderna.

Cesar: Toppen! Var den lokala befolkningen trevlig?

Rachelle: Ja. De flesta var supertrevliga.

Cesar: Var bodde ni?

Rachelle: Vi bodde i det elfte arrondissementet.

Cesar: Det elfte arron-vaddå?

Rachelle: Haha, arrondissement. Det är ungefär som kvarter.

Cesar: Åh, coolt. Hur var det?

Rachelle: Det var fantastiskt. Vårt kvarter hade jättebra restauranger.

Cesar: Kul, jag ser fram emot att höra mer om er resa!

Rachelle: Ja, jag kan visa dig bilderna snart!

OUR TRIP TO PARIS

Rachelle: Hi, Cesar!

Cesar: Hey, how are you? I saw the pictures of your vacation! It looked amazing!

Rachelle: It was! I didn't want to come home.

Cesar: I'm not surprised. You did so many cool things! I loved your pictures of the Louvre and Montmartre.

Rachelle: Thanks. I took about five hundred pictures on the trip. I only put some of them on social media, but I will make an album with all the photos. You can come over and look at it.

Cesar: I would love to! The food looked so good, too. I'm so jealous.

Rachelle: Oh my gosh. I was in heaven. You know I love wine and cheese.

Cesar: Did you bring me some wine?

Rachelle: I didn't have room in my suitcase! But you can have some when you come over and look at the pictures.

Cesar: Great! Were the local people friendly?

Rachelle: Yes. Most people were super nice.

Cesar: Where did you stay?

Rachelle: We stayed in the 11th arrondissement.

Cesar: The 11th a-what?

Rachelle: Ha ha, arrondissement. They're like neighborhoods.

Cesar: Oh, cool. How was it?

Rachelle: It was awesome. There were great restaurants in our neighborhood.

Cesar: Well, I can't wait to hear more about your trip!

Rachelle: Yes, I'll show you pictures soon!

24

DET ÄR FÖR VARMT

IT'S TOO HOT (A1)

Carla: Usch, jag gillar inte sommaren.
Zhang-wei: Varför inte?
Carla: Det är för varmt.
Zhang-wei: Ja. Det är särskilt varmt i vår stad.
Carla: Jag vill flytta till Finland.
Zhang-wei: Haha, vill du?
Carla: Tja, ja. Men jag talar inte finska. Så jag kanske ska flytta till norra Kanada.
Zhang-wei: Det är säkert vackert där.
Carla: Japp. Så, vilken är din favoritårstid?
Zhang-wei: Jag älskar faktiskt sommaren.
Carla: Gör du?
Zhang-wei: Ja. Men när det är för varmt brukar jag bara hänga någonstans där det finns luftkonditionering, som på köpcentret eller något kafé.
Carla: Jag försöker att inte gå till köpcentret så ofta, för varje gång jag är där en längre stund gör jag av med alla mina pengar!
Zhang-wei: Haha, sant. Jag lämnar mina kreditkort hemma när jag går till köpcentret, så jag inte kan spendera mer än kontanterna jag har med mig.
Carla: Åh, wow. Det var en jättebra idé. Jag tror jag ska göra så.
Zhang-wei: Ja, när du bor i Kanada kan du ta med dig dina kanadensiska dollar till köpcentret. Du kommer inte vara för varm, *och* du kommer spara massa pengar!
Carla: Den här idén låter bara bättre och bättre! Tack, Zhang-wei! Haha.
Zhang-wei: Inga problem! Kan jag komma och hälsa på dig i Kanada?
Carla: Såklart! Du kan bo hos mig hur länge du vill.
Zhang-wei: Toppen!

IT'S TOO HOT

Carla: Ugh, I don't like the summer.

Zhang-wei: Why not?

Carla: It's too hot.

Zhang-wei: Yeah. It's especially hot in our city.

Carla: I want to move to Finland.

Zhang-wei: Ha ha, really?

Carla: Well, yes. But I don't speak Finnish. So maybe I'll move to northern Canada.

Zhang-wei: I'm sure it's beautiful.

Carla: Yep. So, what's your favorite season?

Zhang-wei: I love the summer, actually.

Carla: Really?

Zhang-wei: Yes. But when it's too hot I just hang out somewhere with air conditioning, like the mall or a coffee shop.

Carla: I try not to go to the mall so much, because whenever I'm there for a long time, I spend all my money!

Zhang-wei: Ha ha, true. I leave my credit cards at home when I go to the mall, so I can't spend more than the cash I bring with me.

Carla: Oh, wow. That's a really good idea. I think I will do that.

Zhang-wei: Yeah, when you live in Canada, you can take your Canadian dollars to the mall. You won't be hot *and* you will save a lot of money!

Carla: This idea is sounding better and better! Thanks, Zhang-wei! Ha ha.

Zhang-wei: No problem! Can I visit you in Canada?

Carla: Of course! You can stay at my place as long as you would like.

Zhang-wei: Great!

25

SOVSTILAR

-

SLEEPING STYLES (A1)

Irina: Hej, Wes. Vad snygg du ser ut! Har du klippt dig?

Wes: Åh, tack! Nej, det har jag inte. Jag sov jättebra. Det är kanske därför jag ser annorlunda ut?

Irina: Ja, kanske! Du ser utvilad ut!

Wes: Wow, jag har sovit tillräckligt *och* jag ser bra ut? Det här är den bästa dagen någonsin.

Irina: Hur som helst, jag är glad att du sovit bra. Hur många timmar sover du vanligtvis?

Wes: Kanske fem eller sex timmar. Jag är så upptagen nuförtiden, så jag har svårt att sova.

Irina: Ja, du har precis börjat på ett nytt jobb, eller hur?

Wes: Ja. Och jag bestämde mig för att köpa en ny madrass när jag fick min första lön. Och jag älskar den!

Irina: Åh, gör du? Varför älskar du den?

Wes: Den är den perfekta blandningen av mjuk och hård. Den är så bekväm. Och jag köpte några nya kuddar också.

Irina: Det låter fantastiskt. Min madrass är så gammal! Det kanske är därför jag inte sover särskilt bra.

Wes: Kanske! Jag visste inte att en ny madrass kunde hjälpa en att sova så bra.

Irina: Wow. Jag kanske borde köpa en ny madrass!

Wes: Jag kan varmt rekommendera det!

SLEEPING STYLES

Irina: Hi, Wes. You look great! Did you get a haircut?

Wes: Oh, thanks! No, I didn't. I slept really well. Maybe that's why I look different?

Irina: Yes, maybe! You look well-rested!

Wes: Wow, I got enough sleep *and* I look good? This is the best day ever.

Irina: Well I'm happy you got some sleep. How many hours of sleep do you usually get?

Wes: Maybe five or six hours. I am so busy these days, so it's hard to sleep.

Irina: Yeah, you just started a new job, right?

Wes: Yes. And I decided to buy a new mattress with my first paycheck. And I love it!

Irina: Oh, really? Why do you love it?

Wes: It's the perfect combination of soft and firm. It's so comfortable. And I got some new pillows too.

Irina: That sounds amazing. My mattress is so old! Maybe that's why I don't sleep very well.

Wes: Maybe! I didn't realize that a new mattress can help you sleep so well.

Irina: Wow. Maybe I should buy a new mattress!

Wes: I highly recommend it!

26

LÄMNA TILLBAKA NÅGOT TILL AFFÄREN
-
RETURNING AN ITEM TO THE STORE (A2)

Divya: Hej, hur kan jag hjälpa dig?

Mikhail: Jag skulle vilja lämna tillbaka den här skjortan.

Divya: Okej. Var det något fel på skjortan?

Mikhail: Ja. Efter att jag hade köpt den märkte jag att den har ett litet hål på högra ärmen.

Divya: Jag förstår. Vad tråkigt att höra. Har du kvittot?

Mikhail: Nej. Det är det som är problemet. Jag slängde kvittot.

Divya: Åh, jag förstår. Men prislappen sitter fortfarande kvar, så det är bra. Vanligtvis kräver vi kvitto vid returer. Men eftersom det var något fel på skjortan och prislappen fortfarande sitter kvar, så kan vi ta tillbaka den.

Mikhail: Tack så mycket.

Divya: Absolut. Jag ber om ursäkt för besväret.

Mikhail: Det är okej. Jag gillar den här affären och ni har alltid så bra kundservice.

Divya: Tack! Har du kreditkortet som du använde för att köpa skjortan?

Mikhail: Ja, här är det.

Divya: Tack. Du kan sätta i kortet här.

Mikhail: Okej.

Divya: Och signera där på skärmen.

Mikhail: Kommer pengarna föras tillbaka till mitt kort?

Divya: Ja. Du kommer få en återbetalning inom tjugofyra timmar. Vill du ha kvittot?

Mikhail: Ja, tack! Och den här gången tänker jag inte slänga det.

Divya: Haha, bra! Ha en fortsatt trevlig dag!

Mikhail: Tack, du med.

RETURNING AN ITEM TO THE STORE

Divya: Hello, how can I help you?

Mikhail: I would like to return this shirt.

Divya: Okay. Was something wrong with the shirt?

Mikhail: Yes. I noticed after I bought it that there is a small hole on the right sleeve.

Divya: I see. I'm sorry to hear about that. Do you have the receipt?

Mikhail: No. That's the problem. I threw away the receipt.

Divya: Oh, I see. Well, the price tag is still on it, so that's good. Usually we require the receipt for returns. But because there was a problem with the shirt and the price tag is still on it, we will accept the return.

Mikhail: Thanks so much.

Divya: Of course. I'm sorry for the inconvenience.

Mikhail: It's fine. I like this store and you guys always have good customer service.

Divya: Thank you! Do you have the credit card that you used to buy the shirt?

Mikhail: Yes, here it is.

Divya: Thank you. You can insert the card here.

Mikhail: Okay.

Divya: And sign right there on the screen.

Mikhail: Will the money go back onto my card?

Divya: Yes. You will get a refund within twenty-four hours. Would you like a receipt?

Mikhail: Yes, please! And this time I won't throw it away.

Divya: Ha ha, good! Have a good day!

Mikhail: Thanks; you too.

27

I MATAFFÄREN
-
AT THE GROCERY STORE (A2)

Seo-yeon: Vad behöver vi?
Max: Sallad, tomater, lök, äpplen, yoghurt, senap...
Seo-yeon: Vi börjar med frukt och grönsaker. Hur många tomater behöver vi?
Max: Fyra.
Seo-yeon: Okej.
Max: Här är fyra tomater.
Seo-yeon: Den där är inte mogen.
Max: Ah, jag ser det. Funkar den här?
Seo-yeon: Den där är bra. Hur många lökar behöver vi?
Max: Bara en.
Seo-yeon: Röd eller gul?
Max: Öhm... röd.
Seo-yeon: Och vilken sorts sallad?
Max: Vi tar romansallad.
Seo-yeon: Okej. Åh, vi tar några morötter och selleri också.
Max: Vi har redan selleri hemma.
Seo-yeon: Har vi?
Max: Ja.
Seo-yeon: Och den är fortfarande okej?
Max: Jag tror det.
Seo-yeon: Fint. Där är äpplena.
Max: Jag tar några stycken.
Seo-yeon: Ska vi handla något till middag på torsdag och fredag?
Max: Ja, vad ska vi köpa?

Seo-yeon: Kanske pasta och kyckling?

Max: Vilken sorts pasta?

Seo-yeon: Penne?

Max: Okej, visst. Vilken typ av sås ska vi göra?

Seo-yeon: Vi kan göra en kryddstark tomatsås.

Max: Ååh, det låter bra. Och vad ska vi göra med kycklingen?

Seo-yeon: Jag såg ett recept på kycklingbröst med gräddfil, parmesanost, och lite lätt kryddning. Det är jättelätt att laga.

Max: Låter bra! Vi gör det.

Seo-yeon: Perfekt! Kom så hämtar vi ingredienserna.

AT THE GROCERY STORE

Seo-yeon: What do we need?

Max: Lettuce, tomatoes, onions, apples, yogurt, mustard…

Seo-yeon: Let's start with the fruits and veggies. How many tomatoes do we need?

Max: Four.

Seo-yeon: Okay.

Max: Here are four tomatoes.

Seo-yeon: That one isn't ripe.

Max: Oh, I see. What about this one?

Seo-yeon: That one's good. How many onions do we need?

Max: Just one.

Seo-yeon: Red or yellow?

Max: Umm… red.

Seo-yeon: And what kind of lettuce?

Max: Let's get romaine.

Seo-yeon: All right. Oh, let's get some carrots and celery too.

Max: We already have celery at home.

Seo-yeon: We do?

Max: Yeah.

Seo-yeon: And it's still good?

Max: I think so.

Seo-yeon: Great. There are the apples.

Max: I'll get a few.

Seo-yeon: Should we get stuff for dinner on Thursday and Friday?

Max: Yeah, what should we get?

Seo-yeon: Maybe pasta and some chicken?

Max: What kind of pasta?

Seo-yeon: Penne?

Max: Okay, sure. What kind of sauce should we make?

Seo-yeon: Let's do a spicy tomato sauce.

Max: Ooh, that sounds good. And what should we do with the chicken?

Seo-yeon: I saw a recipe for chicken breasts with sour cream, Parmesan cheese, and a few simple seasonings. It's very easy to make.

Max: Sounds good! Let's make that.

Seo-yeon: Perfect! Let's get the ingredients.

28

LETA EFTER LÄGENHETER
-
LOOKING FOR APARTMENTS (A2)

Lina: Vi behöver leta efter en lägenhet.
Vicente: Okej. I vilka områden ska vi leta?
Lina: Jag tycker vi borde fokusera på North Park, Hillcrest, och Normal Heights.
Vicente: Varför inte South Park?
Lina: Jag tycker South Park är lite för dyrt. Vi kollar på några hemsidor.
Vicente: Bra idé.
Lina: Kolla på den här lägenheten. Den har ett sovrum med ett stort vardagsrum. Och den kostar bara elvatusentvåhundra kronor i månaden.
Vicente: Det är billigt. Var ligger den?
Lina: Den ligger i North Park. Och lägenhetskomplexet har en pool!
Vicente: Åh, lysande! Är hundar tillåtna?
Lina: Åh, hoppsan. Det tänkte jag inte på. Vi har en hund!
Vicente: Hur kunde du glömma det?!
Lina: Jag vet inte. Hmm... här är en annan lägenhet. Den här ligger i Hillcrest och tillåter hundar. Men det finns ingen pool.
Vicente: Det är okej. Vi behöver ingen pool. Vad är hyran?
Lina: Tolvtusenfemhundra kronor per månad.
Vicente: Det är ganska dyrt.
Lina: Ja, det är det. Men området är riktigt trevligt och två parkeringsplatser ingår.
Vicente: Åh, det är bra. Det kan vara svårt att hitta parkeringsplatser i det kvarteret!
Lina: Ja, det är sant.
Vicente: Ska vi kontakta dem?
Lina: Ja, det borde vi. Jag skickar dem ett mejl nu.

Vicente: Toppen! Men låt oss fortsätta leta efter fler lägenheter.
Lina: Ja, bra idé.

LOOKING FOR APARTMENTS

Lina: We need to look for an apartment.
Vicente: Okay. What neighborhoods should we look in?
Lina: I think we should focus on North Park, Hillcrest, and Normal Heights.
Vicente: What about South Park?
Lina: I think South Park is a little too expensive. Let's look at some websites.
Vicente: Good idea.
Lina: Look at this apartment. It's a one-bedroom with a big living room. And it's only $1,300 a month.
Vicente: That's cheap. Where is it?
Lina: It's in North Park. And the apartment complex has a pool!
Vicente: Oh, nice! Does it allow dogs?
Lina: Oh, oops. I forgot about that. We have a dog!
Vicente: How could you forget that?!
Lina: I don't know. Hmm... here is another apartment. This one is in Hillcrest and it allows dogs. But it doesn't have a pool.
Vicente: That's okay. We don't need a pool. How much is the rent?
Lina: It's $1,450 a month.
Vicente: That's a little expensive.
Lina: Yeah, it is. But the area is really nice and the apartment has two parking spaces too.
Vicente: Oh, that's good. Parking can be difficult in that neighborhood!
Lina: Yes, that's true.
Vicente: Should we contact them?
Lina: Yes, we should. I'll send them an email now.
Vicente: Great! But let's keep looking for more apartments.
Lina: Yes, good idea.

29

ÄTA NYTTIGT

-

EATING HEALTHILY (A2)

Catherine: Jag vill äta nyttigare mat.
Greg: Men du äter väl redan nyttigt?
Catherine: Inte alls! Jag äter så mycket skräpmat. Och jag äter inte tillräckligt med frukt och grönt.
Greg: Men du är ung. Du kan börja äta nyttigare när du blir äldre.
Catherine: Nej, det är viktigt att börja nu.
Greg: Okej. Så, vad ska du äta?
Catherine: Först och främst tänker jag äta havregrynsgröt, frukt, eller yoghurt till frukost. Och kanske dricka te.
Greg: Det låter tråkigt.
Catherine: Det finns så många goda frukter och yoghurtar! Havregrynsgröt är lite tråkigt, men jag rör i frukt och farinsocker. Det gör det godare.
Greg: Jag förstår. Vad ska du äta till lunch?
Catherine: Sallad, grönsaker, kanske lite ris.
Greg: Kommer du bli mätt av att äta sallad?
Catherine: Ja, om den är stor.
Greg: Och vad ska du äta till middag?
Catherine: Grönsaker, kyckling, bönor, sallad... sådanna saker.
Greg: Åh, jag gillar kyckling!
Catherine: Jag med.
Greg: Hmm... jag kanske också provar den här nyttiga dieten ett litet tag.
Catherine: På riktigt? Men du tycker att nästan all nyttig mat är tråkig.
Greg: Ja, men du inspirerar mig. Jag vill bli lika hälsosam som dig.
Catherine: Haha wow! Okej... vi kan bli hälsosamma tillsammans!
Greg: Tjoho!

EATING HEALTHILY

Catherine: I want to eat more healthy foods.

Greg: But you already eat healthy foods, right?

Catherine: No way! I eat so much junk food. And I don't eat enough fruits and vegetables.

Greg: But you're young. You can start eating more healthy foods later when you're older.

Catherine: No, it's important to start now.

Greg: Okay. So, what will you eat?

Catherine: Well, for breakfast I will eat oatmeal or fruit or yogurt. And maybe drink some tea.

Greg: That sounds boring.

Catherine: There are many delicious fruits and yogurts! Oatmeal is a little boring, but I add fruit and brown sugar to it. That makes it tastier.

Greg: I see. What will you eat for lunch?

Catherine: Salad, vegetables, maybe some rice.

Greg: Will you feel full after eating salad?

Catherine: Yes, if it is big.

Greg: And what will you eat for dinner?

Catherine: Vegetables, chicken, beans, salad... things like that.

Greg: Oh, I like chicken!

Catherine: Me too.

Greg: Hmm... maybe I'll try this healthy diet for a short time.

Catherine: Really? But you think most healthy food is boring.

Greg: Yeah, but you are inspiring me. I want to be healthy like you.

Catherine: Ha ha wow! Okay... let's get healthy together!

Greg: Woohoo!

30

PLANERA ETT BRÖLLOP

-

PLANNING A WEDDING (A2)

Sara: Jag är så spänd inför vårt bröllop!
Patrick: Jag med!
Sara: Vi har bara ett år på oss att planera allt, så vi borde börja nu.
Patrick: Ett år är en lång tid!
Sara: Inte alls! Det kommer flyga förbi.
Patrick: Hmm, ja. Så, vad borde vi börja med?
Sara: Låt oss prata om bröllopets storlek. Hur många ska vi bjuda?
Patrick: Hmm, kanske tvåhundra?
Sara: Tvåhundra?! Det är så många!
Patrick: Är det? Det är väl normalt?
Sara: Jag tror hundra eller hundrafemtio är mer normalt.
Patrick: Okej. Kanske hundrafemtio då.
Sara: Och var vill du gifta dig? På en strand? I en park? I ett hotell?
Patrick: Jag har alltid velat gifta mig på stranden.
Sara: Jag med! Se! Det här är varför jag älskar dig. Vilken sorts mat ska vi bjuda på?
Patrick: Jag vill ha stek och sushi!
Sara: Stek och sushi? Jag tror det blir dyrt!
Patrick: Okej... kanske bara stek då?
Sara: Hmm... vi kan prata om det senare. Och musik?
Patrick: Jag vill ha en DJ, så vi kan dansa hela natten!
Sara: Är du säker på att du vill att alla dina vänner och familj ska se dig dansa?
Patrick: Haha, vad menar du?
Sara: Jag säger bara att jag gifter mig med dig för ditt underbara hjärta och din personlighet, inte på grund av dina danskunskaper!
Patrick: Aj!

PLANNING A WEDDING

Sara: I'm so excited for our wedding!
Patrick: Me too!
Sara: We only have a year to plan it, so we should start planning now.
Patrick: A year is a long time!
Sara: Not really! It will go very fast.
Patrick: Hmm, yeah. So, what should we do first?
Sara: Let's talk about the size of the wedding. How many people should we invite?
Patrick: Hmm, maybe two hundred?
Sara: Two hundred?! That's so many!
Patrick: Really? That's normal, right?
Sara: I think one hundred or one hundred fifty is more normal.
Patrick: All right. Maybe one hundred fifty.
Sara: And where do you want to get married? The beach? A park? A hotel?
Patrick: I have always wanted to get married at the beach.
Sara: Me too! See? This is why I love you. What kind of food should we serve?
Patrick: I want steak and sushi!
Sara: Steak and sushi? I think that will be expensive!
Patrick: Okay... maybe just steak?
Sara: Hmmm... let's talk about that later. What about music?
Patrick: I want a DJ so we can dance all night!
Sara: Are you sure you want all your friends and family to see you dance?
Patrick: Ha ha, what are you saying?
Sara: Well, I'm marrying you for your wonderful heart and personality, not for your dancing skills!
Patrick: Ouch!

31

JAG BEHÖVER KLIPPA MIG

-

I NEED A HAIRCUT (A2)

Yesenia: Jag behöver klippa mig.
Matthew: Jag tycker ditt hår ser bra ut.
Yesenia: Ja, det ser inte risigt ut, men det är för långt.
Matthew: Hur mycket vill du klippa av?
Yesenia: Ungefär fem centimeter bara.
Matthew: Det är inte så mycket. Om du ändå ska betala för en klippning borde du göra något mer dramatiskt.
Yesenia: Men jag vill inte ändra det så mycket!
Matthew: Så varför vill du klippa dig?
Yesenia: För att jag vill hålla mitt hår friskt.
Matthew: Åh, jag förstår. Hur mycket kostar det?
Yesenia: Vanligtvis kostar det ungefär fyrahundra kronor.
Matthew: Fyrahundra kronor! Det är så dyrt!
Yesenia: Det är det genomsnittliga priset för kvinnors klippningar i den här staden.
Matthew: Wow, jag är glad att jag är kille. Hur mycket kostar det att färga håret?
Yesenia: Det beror på vad du gör med det, men runt niohundra kronor.
Matthew: Niohundra kronor?! Jag fattar inte hur mycket pengar vissa kan lägga på sitt hår.
Yesenia: Ja, det är mycket. Men när mitt hår ser bra ut, mår jag bra.
Matthew: Tja, om du mår bra, mår jag bra. Så den här hårklippningen är bra för oss båda!
Yesenia: Haha. Okej, jag bokar en tid nu.
Matthew: Fint!

I NEED A HAIRCUT

Yesenia: I need to get a haircut.

Matthew: I think your hair looks fine.

Yesenia: Yeah, it doesn't look bad, but it's too long.

Matthew: How much will you cut?

Yesenia: Just a couple inches.

Matthew: That's not very much. If you're already paying for a cut, you should do something more dramatic.

Yesenia: But I don't want to change it very much!

Matthew: So why do you want to cut it?

Yesenia: Because I want to keep my hair healthy.

Matthew: Oh, I see. So how much will it cost?

Yesenia: It usually costs around forty-five dollars.

Matthew: Forty-five dollars! That's so expensive!

Yesenia: That's the average cost for women's haircuts in this city.

Matthew: Wow, I'm glad I'm a guy. How much does it cost to dye your hair?

Yesenia: It depends on what you do, but around one hundred dollars.

Matthew: One hundred dollars?! I can't believe how much some people spend on their hair.

Yesenia: Yeah, it's a lot. But when my hair looks good, I'm happy.

Matthew: Well, when you're happy, I'm happy. So, this haircut is good for both of us!

Yesenia: Ha ha. All right, I will make the appointment now.

Matthew: Great!

32

BESÖKA ETT AKVARIUM

-

GOING TO AN AQUARIUM (A2)

Kylie: Låt oss gå till akvariet idag.
Darren: Vilken bra idé! Vilket akvarium?
Kylie: Sunshine Aquarium. Det är nytt.
Darren: Åh, är det? Coolt. Vilken tid ska vi åka?
Kylie: Vi borde åka halv tio. Jag vill komma dit innan de öppnar.
Darren: Varför vill du vara där så tidigt?
Kylie: För att akvariet är populärt och många kommer vara där.
Darren: Okej. Köper vi biljetter på nätet eller på akvariet?
Kylie: Vi kan köpa biljetter antingen på nätet eller vid akvariet, men det är tjugo kronor billigare om vi köper dem på nätet.
Darren: Aha, jag förstår. Låt oss köpa biljetterna på nätet. Jag gör det. Vad är hemsidan?
Kylie: www.sunshineaquarium.com
Darren: Okej. Ska vi köpa de vanliga vuxenbiljetterna eller vuxenbiljetterna med guidad rundvisning?
Kylie: Bara de vanliga vuxenbiljetterna.
Darren: Prima. Jag använder mitt bankkort.
Kylie: Toppen, tack! Jag betalar lunchen.

(Vid akvariet)

Darren: Vart ska vi gå först?
Kylie: Vi går och kollar på maneterna!
Darren: Okej! Maneter är så coola. Men de är också lite läskiga.
Kylie: Håller med. Jag gillar att se dem på ett akvarium. Inte i havet!
Darren: Haha, samma här.
Kylie: Kolla på den där! Den är så stor!

Darren: Wow!
Kylie: Vad ska vi kolla på härnäst?
Darren: Vi går och kollar på bläckfiskarna!
Kylie: Blä... Jag hatar bläckfiskar. Du kan gå dit. Jag går och kollar på stingrockorna.
Darren: Funkar för mig. Ses snart!

GOING TO AN AQUARIUM

Kylie: Let's go to the aquarium today.

Darren: That's a good idea! Which one?

Kylie: Sunshine Aquarium. It's new.

Darren: Oh, really? Cool. What time should we leave?

Kylie: Let's leave at nine thirty. I want to arrive before they open.

Darren: Why do you want to arrive so early?

Kylie: Because the aquarium is popular and many people will be there.

Darren: Okay. Do we buy tickets online or at the aquarium?

Kylie: We can buy tickets online or at the aquarium, but it's two dollars cheaper if we buy them online.

Darren: Oh, I see. Let's buy the tickets online. I will do it. What's the website?

Kylie: www.sunshinesquarium.com

Darren: All right. Should we buy the regular adult tickets or the adult tickets with the tour?

Kylie: Just the regular adult tickets.

Darren: Cool. I will use my debit card.

Kylie: Great, thanks! I will buy lunch.

(At the aquarium)

Darren: Where should we go first?

Kylie: Let's see the jellyfish!

Darren: Okay! Jellyfish are so cool. But they are also a little scary.

Kylie: I agree. I like to see them in an aquarium. Not in the ocean!

Darren: Ha ha, me too.

Kylie: Look at that one! It's so big!

Darren: Wow!

Kylie: What should we see next?

Darren: Let's look at the octopuses!

Kylie: Eww… I hate octopuses. You can go there. I will go check out the stingrays.

Darren: That works for me. See you soon!

33

DET HÄR KAFFET ÄR INTE VARMT
-
THIS COFFEE IS NOT HOT (A2)

Cynthia: Ursäkta. Det här kaffet är inte särskilt varmt. Kan jag få en ny kopp?
Victor: Åh, vad konstigt. Jag gjorde det nyss.
Cynthia: Det kanske är något fel på maskinen?
Victor: Det tror jag inte. Men absolut, jag kan göra en ny kopp kaffe åt dig.
Cynthia: Tack! Det kanske bara är jag? Jag gillar jättevarmt kaffe.
Victor: Jaha, verkligen?
Cynthia: Ja. Varmt kaffe smakar helt enkelt bättre, tycker jag!
Victor: Intressant. Jag föredrar faktiskt iskaffe.
Cynthia: Jag gillar iskaffe, men bara när det är varmt ute.
Victor: Ja. Jag är rätt konstig.
Cynthia: Haha. Ja, vi kanske båda är konstiga.
Victor: Ja, kanske! Här är ditt nya kaffe. Jag försökte göra det extra varmt.
Cynthia: Åh, wow! Det är varmt! Jag tror faktiskt att det är för varmt! Jag får vänta ett par minuter innan jag dricker det.
Victor: Ja, var försiktig. Jag vill inte att du ska bränna dig.
Cynthia: Inte jag heller. Jag gillar smaken, dock. Vilket sorts kaffe är det här?
Victor: Det är från Guatemala. Det är gott, eller hur?
Cynthia: Ja, det är jättegott. Okej, kaffet har svalnat. Jag kan dricka det nu.
Victor: Bra! Så, det blir trettiofem kronor.
Cynthia: Här är fyrtio kronor.
Victor: Tack. Din växel är fem kronor. Njut av det varma kaffet och ha en fin dag!
Cynthia: Tack! Och tack för att du gjorde en ny kaffe åt mig.
Victor: Ingen orsak.

THIS COFFEE IS NOT HOT

Cynthia: Excuse me. This coffee is not very hot. Can I get another one?
Victor: Oh, that's weird. I just made it.
Cynthia: Maybe there is a problem with the machine?
Victor: I don't think so. But sure, I can make you another coffee.
Cynthia: Thank you! Maybe it's just me? I like very hot coffee.
Victor: Oh, really?
Cynthia: Yes. Hot coffee just tastes better to me!
Victor: Interesting. I actually prefer iced coffee.
Cynthia: I like iced coffee, but only when it's hot outside.
Victor: Yeah. I'm kind of strange.
Cynthia: Ha ha. Well, maybe we are both strange.
Victor: Yes, maybe! Here is your new coffee. I tried to make it extra hot.
Cynthia: Oh wow! This is hot! I think it's actually too hot! I will wait a couple minutes to drink it.
Victor: Yes, please be careful. I don't want you to burn yourself.
Cynthia: Me neither. I like the flavor, though. What kind of coffee is this?
Victor: It's from Guatemala. It's good, right?
Cynthia: Yes, it's very good. Okay, the coffee has cooled down. I can drink it now.
Victor: Good! So, your total will be $4.05.
Cynthia: Here is five dollars.
Victor: Thanks. Your change is $.95. Enjoy your hot coffee and have a good day!
Cynthia: Thanks! And thank you for making me a new coffee.
Victor: No problem.

34

NYÅRSPLANER

-

NEW YEAR'S EVE PLANS (A2)

Rob: Hej, Hallie! Vad ska du göra på nyårsafton?
Hallie: Hej, Rob! Jag vet inte ännu. Vad ska du göra?
Rob: Jag ska gå på en fest hemma hos en kompis. Vill du följa med mig?
Hallie: Visst! Vem är din kompis? Var bor han?
Rob: Det är min vän Ryan. Jag jobbar med honom. Hans hus ligger nära stranden.
Hallie: Åh, coolt! Hur många kommer?
Rob: Runt tjugo eller trettio tror jag.
Hallie: Wow, vad många.
Rob: Ja, Ryan har många kompisar! Haha.
Hallie: Det låter som det. Behöver jag ta med mig något?
Rob: Om du vill kan du ta med dig lite dricka eller snacks för folk att dela på.
Hallie: Det kan jag göra. Vilka sorters dricka ska jag ta med mig?
Rob: Kanske öl eller vin?
Hallie: Okej! Wow, jag är glad att jag sprang på dig! Jag hade inga planer för nyårsafton och jag var ledsen!
Rob: Åhh, jag är också glad! Förra året gjorde jag faktiskt ingenting på nyår, så jag är glad att jag kan göra något i år.
Hallie: Jaha? Varför gjorde du inget?
Rob: Jag var jättesjuk!
Hallie: Åh, nej! Vad hemskt.
Rob: Ja. Det är okej. Jag sparade i alla fall pengar.
Hallie: Haha. Sant! Jaha,, vi ses på festen!
Rob: Japp, ses där!

NEW YEAR'S EVE PLANS

Rob: Hey, Hallie! What will you do for New Year's Eve?

Hallie: Hi, Rob! I don't know yet. What will you do?

Rob: I will go to my friend's house for a party. Do you want to come with me?

Hallie: Sure! Who is your friend? Where is the house?

Rob: It's my friend Ryan. I work with him. His house is near the beach.

Hallie: Oh, cool! How many people will be there?

Rob: I think twenty or thirty.

Hallie: Wow, that's a lot.

Rob: Yeah, Ryan has a lot of friends! Ha ha.

Hallie: It sounds like it. Do I need to bring anything?

Rob: If you want, you can bring some drinks or snacks for people to share.

Hallie: I can do that. What kind of drinks should I bring?

Rob: Maybe some beer or wine?

Hallie: Okay! Wow, I'm glad I saw you! I didn't have any plans for New Year's Eve and I was sad!

Rob: Aww, I'm glad too! Actually, last year I didn't do anything for New Year's, so I'm happy I can do something this year.

Hallie: Really? Why didn't you do anything?

Rob: I was really sick!

Hallie: Oh no! That's terrible.

Rob: Yeah. It's okay. At least I saved money.

Hallie: Ha ha. True! Well, I'll see you at the party!

Rob: Yep, see you there!

35

MIN DRÖM I NATT

-

MY DREAM LAST NIGHT (A2)

Abdullah: Jag hade en jättekonstig dröm i natt!

Francesca: Hade du? Vad handlade den om?

Abdullah: Jag var på en bondgård och det var massa konstiga djur där. Det var vanliga djur, som getter, grisar, och kor, men också zebror, kängurur, och till och med en tiger.

Francesca: Wow, det var en spännande bondgård.

Abdullah: Ja. Och vissa zebror hade andra färger på ränderna. Vissa var blå, vissa var lila. Och vissa var regnbågsfärgade!

Francesca: Haha, på riktigt?

Abdullah: Och sen sa tigern något till mig. Men den pratade spanska.

Francesca: Spanska?? Vad sa den?

Abdullah: Jag vet inte! Jag pratar inte spanska!

Francesca: Åh, just det. Så hur vet du att den pratade spanska?

Abdullah: Tja, jag vet hur spanska låter.

Francesca: Ah. Vad hände sen?

Abdullah: Jag kommer inte ihåg.

Francesca: Har du alltid konstiga drömmar?

Abdullah: Ja, men inte *såhär* konstiga.

Francesca: Tror du drömmar betyder något?

Abdullah: Ibland. Vad tror du?

Francesca: Jag tror det. Du kanske vill ha fler vänner i ditt liv.

Abdullah: Jag har många vänner!

Francesca: Dina vänner kanske är tråkiga, och du vill ha intressantare vänner. Som regnbågsfärgade zebror.

Abdullah: Haha, kanske!

MY DREAM LAST NIGHT

Abdullah: I had a very weird dream last night!

Francesca: Really? What was it about?

Abdullah: I was on a farm and there were a lot of strange animals. There were normal animals like goats, pigs, and cows, but then there were also zebras, kangaroos, and even a tiger.

Francesca: Wow, that's an interesting farm.

Abdullah: Yeah. And some of the zebras had different colored stripes. Some were blue, some were purple. And some were rainbow-striped!

Francesca: Ha ha, really?

Abdullah: And then the tiger talked to me. But it spoke in Spanish.

Francesca: Spanish?? What did it say?

Abdullah: I don't know! I don't speak Spanish!

Francesca: Oh, right. So how do you know it was speaking Spanish?

Abdullah: Well, I know what Spanish sounds like.

Francesca: Oh. Then what happened?

Abdullah: I don't remember.

Francesca: Do you always have weird dreams?

Abdullah: Yeah, but not *this* weird.

Francesca: Do you think dreams mean anything?

Abdullah: Sometimes. What about you?

Francesca: I think so. Maybe you want more friends in your life.

Abdullah: I have a lot of friends!

Francesca: Maybe your friends are boring and you want more interesting friends. Like rainbow-striped zebras.

Abdullah: Ha ha, maybe!

36

GÖRA SIG REDO FÖR SKOLAN
-
GETTING READY FOR SCHOOL (A2)

Grace: Älskling, det är dags att vakna!
Christopher: Aah. Fem minuter till.
Grace: Det är vad du sa för fem minuter sen. Det är dags att gå upp nu, hjärtat.
Christopher: Aah, okej.
Grace: Gå och borsta tänderna och klä på dig.
Christopher: Jag vill inte ha på mig tröjan du valde ut åt mig.
Grace: Varför inte?
Christopher: Jag gillar den inte längre.
Grace: Okej, välj ut en annan tröja då.
Christopher: Kan du göra det?
Grace: Nej, du är en stor kille nu. Du kan välja dina egna tröjor.
Christopher: Okej. Jag tar den här.
Grace: Okej. Kom och ät frukost när du är klar.
Christopher: Visst.
(Tio minuter senare...)
Grace: Du får äta snabbt. Vi är lite sena.
Christopher: Ja, ja. Kan jag få Chocolate O's?
Grace: Du vet att du bara får Chocolate O's på helgen.
Christopher: Men jag vill inte ha något annat.
Grace: Varför krånglar du så mycket idag, Christopher?!
Christopher: Jag krånglar inte.
Grace: Ät granolan.
Christopher: Okej då.
Grace: Vill du ha skinka eller äggsallad på din smörgås idag?

Christopher: Öhm... skinka.

Grace: Se till att äta äpplet också, OKEJ?

Christopher: Ja, mamma.

Grace: Kom igen, dags att gå!

GETTING READY FOR SCHOOL

Grace: Honey, it's time to wake up!
Christopher: Ugh. Five more minutes.
Grace: That's what you said five minutes ago. It's time to get up, sweetie.
Christopher: Ugh, okay.
Grace: Go brush your teeth and get dressed.
Christopher: I don't want to wear the shirt you picked out for me.
Grace: Why not?
Christopher: I don't like it anymore.
Grace: Okay, then pick out a different shirt.
Christopher: Can you do it?
Grace: No, you're a big boy now. You can pick out your own shirts.
Christopher: All right. I'll wear this one.
Grace: Okay. Come eat breakfast when you're ready.
Christopher: All right.
(Ten minutes later...)
Grace: You need to eat quickly. We're a little late.
Christopher: Yeah, yeah. Can I have Chocolate O's?
Grace: You know you can only have Chocolate O's on the weekend.
Christopher: But I don't want anything else.
Grace: Why are you being so difficult today, Christopher?!
Christopher: I'm not being difficult.
Grace: Eat the granola cereal.
Christopher: Fine.
Grace: Would you like a ham or egg salad sandwich today?
Christopher: Umm... ham.
Grace: Make sure to eat the apple too, OKAY?
Christopher: Yes, Mom.
Grace: All right, time to go!

37

KÖPA EN SÄNG

-

SHOPPING FOR A BED (A2)

Renata: Ska vi köpa en queen- eller king size-madrass?

Nima: Vi behöver en king size-madrass. Du rör dig så mycket när du sover!

Renata: Hoppsan, förlåt!

Nima: Det är okej. Men jag tycker att vi borde köpa den här storleken så att vi kan ha det bekvämt båda två.

Renata: Jag håller med.

Nima: Du gillar mjukare madrasser, eller hur?

Renata: Ja. Det gör du också, va?

Nima: Ja. Tack och lov!

Renata: De här madrasserna här är i vår prisklass.

Nima: Ja, låt oss prova dem.

Renata: Hmm… Jag tycker att den här är för hård. Vad tycker du?

Nima: Låt mig se. Ja… den är för hård.

Renata: Vad tycker du om den här?

Nima: Åh, den här är skön.

Renata: Ååh, du har rätt. Jag gillar den här. Hur mycket kostar den?

Nima: Den är lite dyr, men vi kan göra avbetalningar månadsvis på den.

Renata: Det är bra. Okej, vilken sorts sängram ska vi köpa?

Nima: Det spelar ingen roll för mig. Jag tycker madrassen är viktigare.

Renata: Okej! Jag väljer ut sängramen. Jag gillar den vita.

Nima: Ja, den där är fin.

Renata: Och priset är bra.

Nima: Japp.

Renata: Tja, det där var lätt!

Nima: Ja, verkligen! Jag trodde vi skulle leta efter en säng hela dagen!

Renata: Tjoho! Låt oss gå och äta middag för att fira!

Nima: Vi har precis spenderat massa pengar. Vi kanske borde äta hemma.

Renata: Ja, du har rätt. Okej, det blir middag hemma!

SHOPPING FOR A BED

Renata: Should we buy a queen- or king-size mattress?

Nima: We need to get a king-size mattress. You move around a lot when you sleep!

Renata: Oops, sorry!

Nima: It's okay. But I think we should get this size so both of us can be comfortable.

Renata: I agree.

Nima: You like softer mattresses, don't you?

Renata: Yeah. You do too, right?

Nima: Yes. Thank goodness!

Renata: These mattresses here are in our price range.

Nima: Yeah, let's try them out.

Renata: Hmm... I think this one is too hard. What do you think?

Nima: Let me see. Yeah... that's too hard.

Renata: What about this one?

Nima: Oh, this one is nice.

Renata: Ooh, you're right. I like this one. How much is it?

Nima: It's a little expensive, but we can make monthly payments on it.

Renata: That's good. All right, what kind of bed frame should we get?

Nima: I don't really care. The mattress is more important to me.

Renata: Okay! I'll pick out the bed frame. I like the white one.

Nima: Yeah, that one is nice.

Renata: And the price is good.

Nima: Yes.

Renata: Well, that was easy!

Nima: Yes, it was! I was expecting to be shopping for a bed all day!

Renata: Woohoo! Let's go to dinner to celebrate!

Nima: We just spent a lot of money. Maybe we should eat at home.

Renata: Yeah, you're right. Okay, dinner at home it is!

38

MORGONRUTIN

-

MORNING ROUTINE (A2)

Emilia: Hur dags vaknar du varje dag?

Jack: På vardagar vaknar jag runt kvart över sex. På helger brukar jag vakna runt halv åtta eller åtta. Du då?

Emilia: Måndag till fredag vaknar jag halv sju. På helgerna brukar jag vakna omkring åtta. Vad gör du efter att du vaknat?

Jack: Jag duschar, och sen borstar jag tänderna och rakar mig.

Emilia: Jaha, gör du? Jag borstar tänderna först. Sen duschar jag.

Jack: Vad gör du efter att du har duschat?

Emilia: Jag torkar håret och sen sminkar jag mig. Vad gör du efter att du rakat dig?

Jack: Jag klär på mig och äter frukost.

Emilia: Vad har du på dig på jobbet?

Jack: Vanligtvis har jag på mig byxor och en skjorta. Jag har på mig kostym ungefär en gång i månaden.

Emilia: Åh, lyckost. Jag måste klä upp mig för jobbet varje dag!

Jack: Verkligen? Vad jobbar du med?

Emilia: Jag är advokat.

Jack: Ah, då förstår jag. Tar det dig lång tid att göra dig i ordning på morgnarna?

Emilia: Det tar mig ungefär en och en halv timme. Jag gillar inte att stressa för mycket när jag gör mig i ordning.

Jack: Äter du frukost varje dag?

Emilia: Jag försöker! Jag behöver energi till jobbet!

Jack: Ja, det är viktigt att äta frukost! Ibland gör jag inte det och då har jag inte lika mycket energi.

Emilia: Japp. Frukost är dagens viktigaste måltid!

Jack: Precis!

MORNING ROUTINE

Emilia: What time do you wake up every day?

Jack: On weekdays, I wake up around 6:15 a.m. On weekends, I wake up around 7:30 a.m. or 8 a.m. What about you?

Emilia: I wake up at 6:30 a.m. Monday through Friday. On weekends, I get up around 8 a.m. What do you do after you wake up?

Jack: I take a shower and then I brush my teeth and shave.

Emilia: Oh really? I brush my teeth first. And then I take a shower.

Jack: What do you do after you take a shower?

Emilia: I dry my hair and then I put on makeup. What do you do after you shave?

Jack: I get dressed and I eat breakfast.

Emilia: What do you wear to work?

Jack: Usually I wear trousers and a button-down shirt. I wear a suit about once a month.

Emilia: Oh, you're lucky. I have to dress up for work every day!

Jack: Really? What do you do?

Emilia: I'm a lawyer.

Jack: Oh, I see. Does it take you a long time to get ready every morning?

Emilia: It takes me around an hour and a half. I don't like to hurry too much when I'm getting ready.

Jack: Do you eat breakfast every day?

Emilia: I try to! I need energy for work!

Jack: Yeah, it's important to eat breakfast! Sometimes I don't and I don't have as much energy.

Emilia: Yep. Breakfast is the most important meal of the day!

Jack: Exactly!

39

FÖDELSEDAGSPRESENT
-
BIRTHDAY GIFT (A2)

Gabby: Vi måste köpa en present till Mike.
Sean: Jag vet. Vad ska vi köpa?
Gabby: Jag vet inte. Han har allt.
Sean: Hmm...
Gabby: Ska vi köpa kläder?
Sean: Vilken typ av kläder?
Gabby: En tröja, kanske?
Sean: Vi gav honom en tröja förra året.
Gabby: Du har rätt. Vad sägs om solglasögon? Han älskar solglasögon.
Sean: Solglasögon är ganska dyra. Och de kanske inte ser bra ut på honom.
Gabby: Okej.
Sean: Vad sägs om ett presentkort på någon affär?
Gabby: Presentkort är så opersonliga.
Sean: Ja, men folk gillar dem. För då kan man köpa vad man vill.
Gabby: Vi kanske kan köpa biljetter till något? Typ en fotbollsmatch eller en konsert?
Sean: Åh, det var en bra idé. Han gillar sport och musik.
Gabby: Kolla på det här! Ett av hans favoritband spelar i staden nästa månad.
Sean: Verkligen? Ska vi köpa biljetter?
Gabby: Ja, det gör vi!
Sean: Men tänk om han inte kan gå på konserten?
Gabby: Då går vi!

BIRTHDAY GIFT

Gabby: We need to buy a gift for Mike.
Sean: I know. What should we get?
Gabby: I don't know. He has everything.
Sean: Hmm...
Gabby: Should we buy him clothes?
Sean: What kind of clothes?
Gabby: A shirt, maybe?
Sean: We got him a shirt last year.
Gabby: You're right. What about sunglasses? He loves sunglasses.
Sean: Sunglasses are kind of expensive. And maybe they won't look good on him.
Gabby: Okay.
Sean: What about a gift card to a store?
Gabby: Gift cards are so impersonal.
Sean: Yeah, but people like them. Because you can buy whatever you want.
Gabby: Maybe we buy him tickets for something? Like a soccer game or a concert?
Sean: Oh, that's good idea. He likes sports and music.
Gabby: Look at this! One of his favorite bands will be in town next month.
Sean: Really? Should we buy tickets?
Gabby: Yes, let's do it!
Sean: What if he can't go to the show?
Gabby: Then we will go!

40

JAG FICK ETT A

-

I GOT AN A (A2)

Irene: Brad, gissa vad?
Brad: Vad?
Irene: Jag fick ett A på mitt prov!
Brad: Åh, vad bra! På ditt historieprov?
Irene: Ja. Jag pluggade i fem timmar.
Brad: Wow. Vad kul för dig. Jag tog den kursen förra året och den var så svårt.
Irene: Hade du fröken Simmons?
Brad: Ja.
Irene: Hon är väldigt sträng.
Brad: Ja, det är hon. Alla i klassen var så rädda för henne! Men vi lärde oss mycket.
Irene: Ja, jag lär mig så mycket. Jag gillade faktiskt inte historia innan jag tog hennes kurs, men nu är jag jätteintresserad.
Brad: Verkligen?
Irene: Mmm hmm.
Brad: Så, hur pluggade du? Gick du bara igenom dina anteckningar igen?
Irene: Japp.
Brad: Det var så jag pluggade inför prov i hennes klass också, men jag fick aldrig något A!
Irene: Tja, jag pluggade länge! Men jag älskade också det här kapitlet. Så jag tror att det hjälpte mig att få ett bra betyg.
Brad: Ja, det verkar logiskt. Jag får alltid bättre betyg i kurserna jag gillar.
Irene: Jag med. Jag önskar att jag fick bättre betyg i matte, men jag hatar matte.

Brad: Och jag älskar matte! Jag kanske kan hjälpa dig med matte, och så kan du hjälpa mig med historia.

Irene: Okej, definitivt!

I GOT AN A

Irene: Guess what, Brad?
Brad: What?
Irene: I got an A on my test!
Brad: Oh, that's great! On your history test?
Irene: Yeah. I studied for five hours.
Brad: Wow. Good for you. I took that class last year and it was so hard.
Irene: Did you have Ms. Simmons?
Brad: Yeah.
Irene: She's really strict.
Brad: Yes, she is. Everyone in the class was so scared of her! But we learned a lot.
Irene: Yeah, I'm learning so much. Actually, I didn't like history before I took her class, but now I'm really interested in it.
Brad: Really?
Irene: Mmm hmm.
Brad: So how did you study? Did you just read your notes again?
Irene: Yep.
Brad: That's how I studied for tests in her class too, but I never got As!
Irene: Well, I studied for a long time! But I also loved this chapter. So, I think that helped me get a good grade.
Brad: That makes sense. I always get better grades in the classes that I like.
Irene: Me too. I wish I got better grades in math, but I hate math.
Brad: And I love math! Maybe I can help you with math and you can help me with history.
Irene: Okay, deal!

41

HAN ÄR EN BRA FÖRARE

-

HE'S A GOOD DRIVER (A2)

John: Jag är orolig för Jackson.
Ada: Varför?
John: Han tar körkort snart!
Ada: Ja, det är lite läskigt. Men det är bra för oss! Vi behöver inte köra honom överallt längre.
John: Sant. Men det finns så många galna förare i den här staden.
Ada: Jag vet. Men han är en bra förare!
John: Ja, det är för att jag lärde honom att köra.
Ada: Det är en anledning. Men han är också en ansvarsfull ung man.
John: Ja, det är han. Vi är lyckligt lottade föräldrar.
Ada: Ja, det är vi. När är hans uppkörning? Det är nästa månad, eller hur?
John: Han har teoriprovet i slutet av den här månaden, och uppkörningen den femtonde.
Ada: Det är väldigt snart. Men han är redo.
John: Nästan. Jag vill ändå öva lite till med honom. Han behöver bli bättre på att parkera.
Ada: Jag borde lära honom att parkera. Jag är bäst på att parkera i den här familjen.
John: Det är sant. Dina förmågor är i en klass för sig.
Ada: Tack! Så, när är din nästa körlektion med Jackson?
John: Lördag eftermiddag efter hans fotbollsmatch.
Ada: Okej. Jag hoppas det går bra!

HE'S A GOOD DRIVER

John: I'm worried about Jackson.

Ada: Why?

John: He's getting his driver's license soon!

Ada: Yeah, that's a little scary. But that's good for us! We won't have to drive him everywhere anymore.

John: True. But there are so many crazy drivers in this city.

Ada: I know. But he's a good driver!

John: Yes, because I taught him how to drive.

Ada: That's one reason why. But he's also a responsible young man.

John: Yeah, he is. We're lucky parents.

Ada: Yes, we are. When is his driving test? It's next month, right?

John: He has his written test at the end of this month and his behind-the-wheel test on the fifteenth.

Ada: That's really soon. But he's ready.

John: Almost. I still want to practice some more with him. He needs to get better at parking.

Ada: I should teach him how to park. I'm the best parker in this family.

John: That's true. Your skills are unmatched.

Ada: Thanks! So, when is your next driving lesson with Jackson?

John: Saturday afternoon after his soccer game.

Ada: Okay. I hope it goes well!

42

ÄR DET DÄR ETT SPÖKE?
-
IS THAT A GHOST? (A2)

Taylor: Vad är det där?!
Spencer: Vad är *vaddå*?
Taylor: Den där grejen i hörnet?
Spencer: Vilken grej? Jag ser inget.
Taylor: Det ser ut som... nej... det är omöjligt.
Spencer: Vad?! Du skrämmer mig!
Taylor: Det såg ut som ett spöke!
Spencer: Åh, sluta. Jag tror inte på spöken.
Taylor: Inte jag heller. Men det där såg ut som ett spöke.
Spencer: Vad såg det ut som?
Taylor: Det hade formen av en människa men jag kunde se igenom det.
Spencer: Jag tror dig inte. Jag tror du försöker skämta med mig.
Taylor: Jag skämtar inte! Det var vad jag såg!
Spencer: Du inbillade dig säkert bara.
Taylor: Det tror jag inte.
Spencer: ...
Taylor: Vad?
Spencer: ... åh jösses.
Taylor: Vad?!
Spencer: Ser du det där?
Taylor: JA! Det var det jag såg förut!
Spencer: Det ser ut som ett spöke!
Taylor: Jag sa ju det!
Spencer: Okej. Jag kanske tror dig nu.
Taylor: Tack! Nu går jag.

Spencer: Vart ska du?

Taylor: Det är ett spöke här inne! Jag drar!

Spencer: Du kan inte lämna mig här ensam med ett spöke!

Taylor: Följ med mig då!

Spencer: Okej. Hejdå spöket! Var snäll och dra härifrån, och kom inte tillbaka!

IS THAT A GHOST?

Taylor: What is that?!
Spencer: What is *what*?
Taylor: That thing in the corner?
Spencer: What thing? I don't see anything.
Taylor: It looks like… no… that's not possible.
Spencer: What?! You're scaring me!
Taylor: It looked like a ghost!
Spencer: Oh, stop. I don't believe in ghosts.
Taylor: I don't either. But that looked like a ghost.
Spencer: What did it look like?
Taylor: It was in the shape of a person, and I could see through it.
Spencer: I don't believe you. I think you're playing a joke on me.
Taylor: I'm not joking! That's what I saw!
Spencer: You probably just imagined it.
Taylor: I don't think so.
Spencer: …
Taylor: What?
Spencer: …oh my gosh.
Taylor: What?!
Spencer: Do you see that?
Taylor: YES! That's what I saw before!
Spencer: That looks like a ghost!
Taylor: I told you!
Spencer: Okay. Maybe I believe you now.
Taylor: Thank you! Now I'm leaving.
Spencer: Where are you going?
Taylor: There is a ghost in here! I'm getting out of here!
Spencer: You can't leave me here alone with a ghost!
Taylor: So, come with me!
Spencer: Okay. Bye, ghost! Please leave and don't come back!

43

SÖT HUND

-

CUTE DOG (A2)

Jenny: Ursäkta. Kan jag få hälsa på din hund?
Julian: Absolut! Det skulle han gilla.
Jenny: Han är så söt! Vilken ras är han?
Julian: Jag vet inte sakert. Han är adopterad.
Jenny: Han ser ut som en chihuahuamix.
Julian: Jag tror faktiskt att han är dels spaniel och dels pomeranian.
Jenny: Jag förstår.
Julian: Jag tycker faktiskt att han ser ut som en väldigt liten golden retriever.
Jenny: Det tycker jag med! Är han en valp?
Julian: Nej, han är faktiskt sex år gammal.
Jenny: Wow! Men han ser ut som en valp!
Julian: Ja, jag tror att han alltid kommer se ut som en valp.
Jenny: Jag hoppas det. Han är så mjuk! Jag älskar hans lena päls.
Julian: Ja, han har mjuk päls. Han äter nyttig hundmat och det bidrar till att hans päls förblir silkeslen.
Jenny: Vad snällt av dig. Vad heter han?
Julian: Stanley.
Jenny: Vilket roligt hundnamn. Jag tycker det är så gulligt!
Julian: Tack.
Jenny: Var fick du tag på honom?
Julian: På hundstallet. Stanley är adopterad.
Jenny: Det är toppen! Det är min också. Hon är underbar.
Julian: Coolt! Hur länge har du haft din hund?
Jenny: Jag fick henne när hon var ett och hon är fyra nu, så ungefär tre år.
Julian: Vilken ras är hon? Och vad heter hon?

Jenny: Hon heter Coco och hon är en pudelmix.
Julian: Vad fint.
Jenny: Tror du att Stanley skulle gilla Coco?
Julian: Jag hoppas det. Ska vi boka in en lekstund åt dem?
Jenny: Visst! Det låter bra.

CUTE DOG

Jenny: Excuse me. May I say hello to your dog?
Julian: Sure! He would like that very much.
Jenny: He's so cute! What kind of dog is he?
Julian: I'm not sure. He is a rescue.
Jenny: He looks like a Chihuahua mix.
Julian: Actually, I think he's part spaniel and part Pomeranian.
Jenny: I see.
Julian: I think he actually looks like a very tiny golden retriever.
Jenny: I think so, too! Is he a puppy?
Julian: No, he is actually six years old.
Jenny: Wow! But he looks like a puppy!
Julian: Yeah, I think he will look like a puppy forever.
Jenny: I hope so. He is so soft! I love his soft fur.
Julian: He does have soft fur. He eats healthy dog food and it helps his fur stay silky.
Jenny: That's very nice of you. What's his name?
Julian: Stanley.
Jenny: That's a funny name for a dog. I think it's so cute!
Julian: Thank you.
Jenny: Where did you get him?
Julian: At the shelter. Stanley is a rescue dog.
Jenny: That's awesome! So is mine. She is lovely.
Julian: Cool! How long have you had your dog?
Jenny: I got her when she was one, and now she's four, so about three years.
Julian: What kind of dog is she? And what's her name?
Jenny: Her name is Coco and she's a poodle mix.
Julian: That's nice.
Jenny: Do you think Stanley would like Coco?
Julian: I hope so. Should we schedule a playtime for them?
Jenny: Sure! I would like that.

44

ETT METEORREGN

-

A METEOR SHOWER (A2)

Andrea: Michael, gissa vad!

Michael: Vad?

Andrea: Det kommer synas ett meteorregn i natt! Jag såg det på nyheterna.

Michael: Åh, på riktigt? Hur dags kommer meteorregnet?

Andrea: Meteorregnet kommer börja klockan nio och sluta runt midnatt.

Michael: Kan vi se meteorregnet hemma?

Andrea: Nej, det är för mycket stadsljus hemma. Vi måste vara någonstans där det är väldigt mörkt.

Michael: Vi kan köra upp till toppen på Mount Felix.

Andrea: Hur långt bort ligger det?

Michael: Jag tror berget ligger ungefär femton kilometer härifrån.

Andrea: Vi gör det.

Michael: Har du sett ett meteorregn förrut?

Andrea: Nej. Det här blir första gången för mig. Jag är jättespänd. Jag har aldrig ens sett ett stjärnfall förut.

Michael: Jag är så spänd för din skull!

Andrea: Har du sett ett stjärnfall förut?

Michael: Ja.

Andrea: När då?

Michael: Det var ett meteorregn för några år sen. Jag jobbade på ett kollo på Mount Felix. Jag såg många stjärnfall den natten.

Andrea: Önskade du dig något?

Michael: Ja, det gjorde jag.

Andrea: Vad önskade du?

Michael: Det kan jag inte säga! Om jag berättar det för dig kommer ju min önskan inte att gå i uppfyllelse.

Andrea: Menar du att den fortfarande inte har gått i uppfyllelse?
Michael: Nej…
Andrea: Tja, förhoppningsvis kan vi göra några nya önskningar i natt.
Michael: Jag hoppas det.

A METEOR SHOWER

Andrea: Michael, guess what!

Michael: What?

Andrea: There's going to be a meteor shower tonight! I saw it on the news.

Michael: Oh, really? What time will the meteor shower happen?

Andrea: The meteor shower will start at 9:00 p.m. and end around midnight.

Michael: Can we watch the meteor shower from home?

Andrea: No, there are too many city lights at home. We have to go somewhere very dark.

Michael: We can drive to the top of Mt. Felix.

Andrea: How far is it?

Michael: I think the mountain is ten miles from here.

Andrea: Let's do that.

Michael: Have you ever seen a meteor shower?

Andrea: I haven't. This will be my first time. I'm very excited. I have never seen a shooting star before.

Michael: I'm very excited for you!

Andrea: Have you seen a shooting star before?

Michael: Yes.

Andrea: When?

Michael: There was a meteor shower a few years ago. I was working at a camp on Mt. Felix. I saw many shooting stars that night.

Andrea: Did you make a wish?

Michael: Yes, I did.

Andrea: What did you wish for?

Michael: I can't tell you! If I tell you, my wish won't come true.

Andrea: You mean it still hasn't come true?

Michael: No...

Andrea: Well, hopefully we can make some new wishes tonight.

Michael: I hope so.

45

HUR MAN TAR ETT BRA FOTO

-

HOW TO TAKE A GOOD PICTURE (A2)

Maia: Hej, Damien!
Damien: Hej, Maia! Det var länge sen.
Maia: Jag vet! Hur har du haft det?
Damien: Helt okej. Du då?
Maia: Jag mår bra. Åh, jag har en fråga till dig. Du är fotograf, eller hur?
Damien: Ja. Eller, jag fotar bara för skojs skull. Jag är inte en professionell fotograf.
Maia: Men dina foton ser professionella ut!
Damien: Åh, tack! Det är min hobby och jag har hållit på med det länge.
Maia: Har du några tips på hur man tar bra foton?
Damien: Öhm... visst. Vad gillar du att fota?
Maia: Mest landskap och arkitektur.
Damien: Ah, okej. Har du hört talas om "tredjedelsregeln"?
Maia: Nej. Vad är det?
Damien: Så, föreställ dig en rektangel. Dela sen in rektangeln i nio lika stora kvadrater. De viktigaste delarna av fotot bör placeras där de vertikala och horisontella linjerna möts. Det hjälper med fotots komposition.
Maia: Åh, gör det? Vad coolt! Det ska jag testa.
Damien: Ja, det borde du göra. Men, jag måste gå. Säg till om du behöver några fler tips i framtiden!
Maia: Det ska jag göra. Tack, Damien!
Damien: Inga problem. Vi ses senare.
Maia: Vi ses!

HOW TO TAKE A GOOD PICTURE

Maia: Hey, Damien!

Damien: Hi, Maia! Long time no see.

Maia: I know! How have you been?

Damien: Pretty good. How about you?

Maia: I'm good. Oh, I have a question for you. You're a photographer, right?

Damien: Yeah. Well, I take pictures just for fun. I'm not a professional photographer.

Maia: But your pictures look professional!

Damien: Oh, thanks! It's my hobby, and I have been doing it for a long time.

Maia: Do you have any tips on how to take good pictures?

Damien: Umm... sure. What do you like to take pictures of?

Maia: Mostly landscapes and architecture.

Damien: Ah, okay. Have you heard of the "Rule of Thirds"?

Maia: No. What's that?

Damien: So, imagine a rectangle. And then divide the rectangle into nine equal squares. The most important parts of the photo should be at the places where the vertical and horizontal lines meet. This will help the composition of your photo.

Maia: Oh, really? That's so cool! I'll try that.

Damien: Yeah, you should. Well, I have to go. If you need any more tips in the future, let me know!

Maia: I will. Thanks, Damien!

Damien: No problem. See you later.

Maia: See you!

46

EN ÖVERRASKNINGSFEST
-
A SURPRISE PARTY (A2)

Ingrid: Hej, kommer du på Emmas överraskningsfest?

Erik: Shh! Säg det inte så högt. Hon kan höra dig.

Ingrid: Hon pratar med Dan i rummet bredvid. Hon kan inte höra mig.

Erik: Alla kan höra dig när du pratar.

Ingrid: Inte *alla*. Folk i andra städer kan inte höra mig.

Erik: Är du säker?

Ingrid: Okej, okej, jag är högljudd. Jag fattar. Hur som helst, kommer du?

Erik: Ja. Gör du?

Ingrid: Såklart; jag hjälper till att organisera den.

Erik: Så, hur ser planen ut?

Ingrid: Hennes pojkvän Aaron ska ta med henne ut på middag. Alla kommer till huset mellan klockan sex och halv sju. Emma och Aaron borde komma tillbaka till huset runt åtta. Aaron ska hålla oss uppdaterade via sms. Vi gömmer oss allihopa, och när de kommer hem hoppar vi fram och ropar "Grattis!"

Erik: Coolt. Misstänker hon något överhuvudtaget? Är hon inte förvånad att ingen av hennes vänner vill umgås på hennes födelsedag?

Ingrid: Hon ska träffa sina vänner den här helgen, efter sin födelsedag. Så hon tror att det är den enda festen.

Erik: Och hon har ingen aning om överraskningsfesten?

Ingrid: Nej! Hon anar ingenting.

Erik: Fantastiskt. Jag väntar på att se hennes reaktion.

Ingrid: Jag med!

A SURPRISE PARTY

Ingrid: Hey, are you coming to Emma's surprise party?

Erik: Shh! Don't say that so loud. She might hear you.

Ingrid: She's in the next room talking to Dan. She can't hear me.

Erik: Everyone can hear you when you talk.

Ingrid: Not *everyone*. People in other cities can't hear me.

Erik: Are you sure?

Ingrid: Okay, okay, I'm loud. I get it. Anyway, are you coming?

Erik: Yeah. Are you?

Ingrid: Of course; I'm helping plan it.

Erik: So, what's the plan?

Ingrid: Her boyfriend Aaron is taking her out to dinner. Everyone is arriving at the house between six and six thirty. Emma and Aaron should get back to the house by eight. Aaron is going to keep us updated via text. We're all going to hide, and then when they come home, we'll jump out and say "Surprise!"

Erik: Cool. Is she suspicious at all? Isn't she surprised that none of her friends want to hang out for her birthday?

Ingrid: She's hanging out with her friends this weekend, after her birthday. So, she thinks that's the only party.

Erik: And she has no idea about the surprise party?

Ingrid: Nope! She's totally clueless.

Erik: Awesome. I can't wait to see her reaction.

Ingrid: Me too!

47

MIN FAVORITFRUKOST

-

MY FAVORITE BREAKFAST (A2)

Keito: Vad vill du ha till frukost idag?

Hannah: Hmm... frukt och yoghurt, eller flingor. Jag älskar flingor men jag vet att det inte är supernyttigt för mig. Så jag försöker äta frukt och yoghurt och granola.

Keito: Åh, jag förstår. Har du provat havregrynsgröt? Havregrynsgröt är väldigt nyttigt, eller hur?

Hannah: Ja, det är det, men det är så tråkigt! Vad ska du äta till frukost?

Keito: Antagligen misosoppa och ångat ris.

Hannah: Åh, wow! Här i U.S.A äter vi bara sådant till lunch eller middag.

Keito: Ja, vi äter också misosoppa och ris till lunch och middag. Jag gillar att äta det till frukost. Ibland äter jag grillad fisk med min misosoppa och ris om jag är riktigt hungrig och har tid att laga det.

Hannah: Intressant! Jag har aldrig ätit fisk till frukost.

Keito: Du borde testa det någon gång! Det är nyttigt.

Hannah: Det låter nyttigt. Det kanske jag borde!

Keito: Jag äter också flingor till frukost ibland. Men min favorittid att äta flingor är som ett lätt mål sent på kvällen.

Hannah: Det gör jag med! Flingor passar bra när som helst på dagen.

Keito: Haha. Okej, vad sägs om att äta misosoppa och ris till frukost idag, så kan vi äta flingor imorgon?

Hannah: Låter bra!

MY FAVORITE BREAKFAST

Keito: What do you want for breakfast today?

Hannah: Hmm... fruit and yogurt or cereal. I love cereal but I know it's not super healthy for me. So, I'm trying to eat fruit and yogurt and granola.

Keito: Oh, I see. Have you tried oatmeal? Oatmeal is really healthy, right?

Hannah: Yes, it is, but it's so boring! What are you going to eat for breakfast?

Keito: Probably some miso soup and steamed rice.

Hannah: Oh, wow! Here in the U.S. we only eat that kind of thing for lunch or dinner.

Keito: Yeah, we also eat miso soup and rice for lunch and/or dinner. I like to eat it for breakfast. Sometimes I eat grilled fish with my miso soup and rice if I'm really hungry and I have time to make it.

Hannah: Interesting! I've never had fish for breakfast.

Keito: You should try it sometime! It's healthy.

Hannah: That does sound healthy. Maybe I will!

Keito: I eat cereal for breakfast sometimes too. But my favorite time to eat cereal is as a late-night snack.

Hannah: Me too! Any time of day is good for cereal.

Keito: Ha ha. Okay, how about we have some miso soup and rice today, and tomorrow we can have cereal?

Hannah: Sounds good!

48

IRRITERANDE GRANNAR
-
ANNOYING NEIGHBORS (A2)

Nadia: Vår granne spelar hög musik igen!

Kadek: Fy. Jag trodde han sa att han skulle skruva ner volymen!

Nadia: Jag antar att han ändrade sig. Vi har pratat om det här tre gånger med honom. Det är så oförskämt!

Kadek: Vad kan vi göra?

Nadia: Ska vi prata med hyresvärden?

Kadek: Hmm... vi kanske borde prata med honom en gång till, och sen prata med hyresvärden?

Nadia: Va? Jag hör dig inte för musiken!

Kadek: JAG SA ATT VI BORDE PRATA MED HONOM EN GÅNG TILL, OCH SEN PRATA MED HYRESVÄRDEN. VAD TYCKER DU?

Nadia: JAG TYCKER DET ÄR EN BRA IDÉ. Åh, han sänkte volymen.

Kadek: Han kanske hörde oss skrika.

Nadia: Kanske.

Kadek: Det här är varför jag vill flytta till ett tystare område.

Nadia: Ja. Men alla tysta områden i den här staden är dyrare.

Kadek: Inte alla. Dan och Cindy bor i Crestview, det är ganska tyst och prisvärt.

Nadia: Det är sant. Vi kanske borde kolla på nätet om det finns några lediga lägenheter.

Kadek: Va? Jag hör dig inte.

Nadia: VI KANSKE BORDE KOLLA PÅ NÄTET OM DET FINNS NÅGRA LEDIGA LÄGENHETER ATT HYRA.

Kadek: Okej. Vi gör det nu. Vi kommer tappa våra röster om vi stannar här längre!

ANNOYING NEIGHBORS

Nadia: Our neighbor is playing loud music again!

Kadek: Ugh. I thought he said he would keep the music down!

Nadia: I guess he changed his mind. We've talked to him about it three times. It's so rude!

Kadek: What can we do?

Nadia: Should we talk to our landlord?

Kadek: Hmm... maybe we should talk to him one more time and then talk to the landlord?

Nadia: What? I can't hear you over the music!

Kadek: I SAID WE SHOULD TALK TO HIM ONE MORE TIME AND THEN TALK TO THE LANDLORD. WHAT DO YOU THINK?

Nadia: I THINK THAT'S A GOOD IDEA. Oh, he turned it down.

Kadek: Maybe he heard us shouting.

Nadia: Possibly.

Kadek: This is why I want to move to a quieter neighborhood.

Nadia: Yeah. But all the quieter neighborhoods in this city are more expensive.

Kadek: Not all of them. Dan and Cindy live in Crestview, which is pretty quiet and affordable.

Nadia: That's true. Maybe we should look online and see if there are any available apartments.

Kadek: What? I can't hear you.

Nadia: MAYBE WE SHOULD LOOK ONLINE AND SEE IF THERE ARE ANY APARTMENTS FOR RENT.

Kadek: Okay. Let's do it now. We're going to lose our voices if we stay here much longer!

49

MISSFÖRSTÅND PÅ SALONGEN
-
MISCOMMUNICATION AT THE SALON (A2)

Briana: Hej, Dominic! Kul att se dig! Kom in och slå dig ned.
Dominic: Tack, Briana.
Briana: Wow, vad långt hår du börjar få! Är du redo för din klippning?
Dominic: Absolut! Jag behöver se bra ut inför min intervju imorgon.
Briana: Det kan jag hjälpa dig med. Vad vill du att jag ska göra idag?
Dominic: Jag vill behålla det långt på toppen, och ha det väldigt kort på sidorna.
Briana: Vill du att jag klipper något på toppen?
Dominic: Ja, vi kan ta av ett par centimeter på toppen.
Briana: Okej. Hur går det med allt annat?
Dominic: Allt annat är okej. Jag måste bara se till att min intervju går bra imorgon.
Briana: Jag är säker på att din intervju kommer gå bra.
Dominic: Jag hoppas det.
Briana: Hur är det med din flickvän?
Dominic: Hon mår bra. Vi ska resa bort tillsammans nästa vecka.
Briana: Vart ska ni åka?
Dominic: Vi ska åka till Bali tillsammans.
Briana: Det låter spännande! Jag har hört att Bali är vackert.
Dominic: Ja, jag är väldigt spänd!
Briana: Hur länge ska ni vara borta?
Dominic: Vi ska vara iväg i ungefär två veckor.
Briana: Vad glad jag är för er skull!
Dominic: Tack! Jag skulle faktiskt — hallå! Vad gör du?
Briana: Va? Gjorde jag något fel?

Dominic: Du klippte av så mycket hår!

Briana: Vad menar du? Du sa att du ville ha kvar ett par centimeter, eller hur?

Dominic: Nej, jag sa att jag ville ta av ett par centimeter!

Briana: Åh... Förlåt så jättemycket. Du behöver inte betala för den här klippningen. Vi kan fixa det här!

MISCOMMUNICATION AT THE SALON

Briana: Hi, Dominic! Good to see you! Come in and have a seat.
Dominic: Thanks, Briana.
Briana: Wow, your hair is getting long! Are you ready for your haircut?
Dominic: I sure am! I need to look good for my interview tomorrow.
Briana: I can help with that. What would you like me to do today?
Dominic: I want to keep the top long and the sides very short.
Briana: Do you want me to cut the top?
Dominic: Yes, let's cut an inch off the top.
Briana: Gotcha. How is everything else going?
Dominic: Everything else is going okay. I just need to make sure my interview goes well tomorrow.
Briana: I'm sure you will do well on your interview.
Dominic: I hope so.
Briana: How is your girlfriend doing?
Dominic: She is good. We're going on a trip together next week.
Briana: Where are you going?
Dominic: We're going to Bali together.
Briana: That sounds exciting! I heard Bali is beautiful.
Dominic: Yes, I am very excited!
Briana: How long is your trip?
Dominic: We are going for about two weeks.
Briana: I'm happy for you!
Dominic: Thanks! I actually—hey! What are you doing?
Briana: Huh? Did I do something wrong?
Dominic: You cut off so much hair!
Briana: What do you mean? You said leave an inch of hair, right?
Dominic: No, I said cut off an inch!
Briana: Oh... I'm so sorry. I won't charge you for this cut. We can fix this!

50

JAG LÅSTE IN MINA NYCKLAR I BILEN
-
I LOCKED MY KEYS IN THE CAR (A2)

Azad: Åh, nej.
Brenna: Vad?
Azad: Jag gjorde precis något dumt.
Brenna: Vad gjorde du?
Azad: Jag låste in mina nycklar i bilen.
Brenna: Åh, jösses. Hur gick det till?
Azad: Jag försökte ta ut alla de här kassarna ur bilen. Sen blev jag distraherad och lämnade kvar mina nycklar på sätet.
Brenna: Vad ska vi göra?
Azad: Jag tror vi behöver ringa en låssmed.
Brenna: Låssmeder är så dyra! Förra gången jag låste in mina nycklar i bilen var jag tvungen att betala niohundra kronor. Och det tog honom bara fem minuter att öppna bilen!
Azad: Jag vet. Det är ren stöld. Men jag vet inte hur jag ska kunna få ut nycklarna.
Brenna: Kan du försöka öppna fönstret lite?
Azad: Jag kan försöka.
(Fem minuter senare...)
Azad: Det går inte! Jag måste ringa låssmeden.
Brenna: Okej. Jag kollade på nätet och hittade en billig. Han tar bara sexhundrafemtio kronor.
Azad: Är det billigt?
Brenna: Tja, nej. Men det är bättre än niohundra kronor!
Azad: Ja, jag antar det.
Brenna: Han sa att han kan vara här på fyrtiofem minuter.
Azad: Fyrtiofem minuter?!

Brenna: Det är så snabbt han kan ta sig hit! Det är ditt fel att du låste in nycklarna i bilen.

Azad: Du har rätt. Från och med nu ska jag vara så försiktig med mina nycklar!

I LOCKED MY KEYS IN THE CAR

Azad: Oh, no.

Brenna: What?

Azad: I just did something stupid.

Brenna: What did you do?

Azad: I locked my keys in the car.

Brenna: Oh, dear. How did that happen?

Azad: I was trying to take all of these bags out of the car. Then I got distracted and left my keys on the seat.

Brenna: What should we do?

Azad: I think we need to call a locksmith.

Brenna: Locksmiths are so expensive! The last time I locked my keys in the car I had to pay one hundred dollars. And it only took him five minutes to open the car!

Azad: I know. It's a rip-off. But I don't know how to get the keys out.

Brenna: Can you try to open the window a little?

Azad: I'll try.

(Five minutes later...)

Azad: I can't do it! I have to call the locksmith.

Brenna: Okay. I looked online and found a cheap one. He only charges seventy-five dollars.

Azad: That's cheap?

Brenna: Well, no. But it's better than one hundred dollars!

Azad: Yeah, I guess.

Brenna: He said he'll be here in forty-five minutes.

Azad: Forty-five minutes?!

Brenna: That's the fastest he can get here! It's your fault for locking the keys in the car.

Azad: You're right. From now on I'm going to be so careful with my keys!

51

RÄKNA FÅR

-

COUNTING SHEEP (A2)

Ulrich: Hej, Eliza.
Eliza: Hej, Ulrich. Hur mår du?
Ulrich: Det är väl bra.
Eliza: Är du säker? Du ser inte ut att må så bra.
Ulrich: Jag sov bara två timmar i natt.
Eliza: Åh, nej!
Ulrich: Jag är så trött.
Eliza: Vad hände i natt?
Ulrich: Jag vet inte. Jag kunde bara inte somna.
Eliza: Vad konstigt.
Ulrich: Jag vet. Jag vet inte vad jag ska göra.
Eliza: Har du provat att dricka mjölk innan du går och lägger dig?
Ulrich: Nej, jag gillar inte mjölk.
Eliza: Jag förstår.
Ulrich: Jag slutade dricka mjölk när jag var tio.
Eliza: Det var länge sen.
Ulrich: Det var det. Har du någon annan idé?
Eliza: Har du testat att räkna får?
Ulrich: Jag har inga får.
Eliza: Nej, jag menar att räkna fantasifår.
Ulrich: Funkar det?
Eliza: Jag har hört att det funkar för många.
Ulrich: Okej, så hur gör jag?
Eliza: Först föreställer du dig ett får som hoppar över ett staket. Det är ditt första får.

Ulrich: Och sen?

Eliza: Sen föreställer du dig ett annat får som hoppar över stängslet. Det är ditt andra får.

Ulrich: Okej.

Eliza: Sen räknar du bara de där fåren tills du somnar! Testa det!

Ulrich: En, två, tre, fyra... fem... sex...

Eliza: Öh... Ulrich?

Ulrich: Zzzzz.

Eliza: Han somnade. Han var nog väldigt trött.

COUNTING SHEEP

Ulrich: Hi, Eliza.
Eliza: Hi, Ulrich. How are you?
Ulrich: I'm okay.
Eliza: Are you sure? You don't look well.
Ulrich: I only slept two hours last night.
Eliza: Oh, no!
Ulrich: I am so tired.
Eliza: What happened last night?
Ulrich: I'm not sure. I just couldn't fall asleep.
Eliza: That's strange.
Ulrich: I know. I don't know what to do.
Eliza: Have you tried drinking milk before you go to bed?
Ulrich: No, I don't like milk.
Eliza: I understand.
Ulrich: I stopped drinking milk when I was ten.
Eliza: That was a long time ago.
Ulrich: It was. Do you have another idea?
Eliza: Have you tried counting sheep?
Ulrich: I don't own any sheep.
Eliza: No, I mean counting imaginary sheep.
Ulrich: Does that work?
Eliza: I heard it works for many people.
Ulrich: Okay, so what do I do?
Eliza: First, imagine one sheep jumping over a fence. That will be your first sheep.
Ulrich: And then what?
Eliza: Second, imagine another sheep jumping over a fence. That will be your second sheep.
Ulrich: Okay.
Eliza: You count these sheep until you fall asleep. Try it!
Ulrich: One, two, three, four... five... si....
Eliza: Uh... Ulrich?
Ulrich: Zzzzz.

Eliza: He fell asleep. I guess he was very tired.

52

FÖRSTA DAGEN PÅ HÖGSKOLAN

-

FIRST DAY AT COLLEGE (A2)

Mamma: Är du redo för din stora dag?
Trevor: Japp. Kommer du och pappa klara er?
Mamma: Jag tror att vi kommer klara oss. Vi kommer sakna dig.
Trevor: Mamma, skolan ligger bara två timmar bort.
Mamma: Vi kommer ändå att sakna dig.
Trevor: Okej.
Mamma: Är du spänd?
Trevor: Ja. Jag är också lite nervös.
Mamma: Det är okej! Du kommer få jätteroligt.
Trevor: Jag hoppas det.
Mamma: När kommer John hit?
Trevor: Jag vet inte.
Mamma: Jag är glad att han kommer gå i samma skola.
Trevor: Jag med. John kommer bli en jättebra rumskompis.
Mamma: Är du förberedd för dina kurser?
Trevor: Nej, men kurserna börjar inte förrän nästa vecka. Jag har gott om tid.
Mamma: Behöver du hjälp med dina saker?
Trevor: Nej, jag tror att andra studenter kommer hjälpa till.
Mamma: Är du säker?
Trevor: Ja, mamma. Du kan åka hem. Allt kommer gå bra.
Mamma: Vill du äta lunch ihop?
Trevor: Nej, lunchen är gratis idag. Alla de andra studenterna kommer vara där.
Mamma: Okej...

Trevor: Mamma, allt kommer gå bra.
Mamma: Om du säger det så.
Trevor: Jag älskar dig. Säg till pappa att det kommer gå bra.
Mamma: Jag älskar dig också. Ha det så jättebra!

FIRST DAY AT COLLEGE

Mom: Are you ready for your big day?
Trevor: Yep. Are you and Dad going to be okay?
Mom: I think we will be okay. We are going to miss you.
Trevor: Mom, school is only two hours away.
Mom: We will still miss you.
Trevor: All right.
Mom: Are you excited?
Trevor: Yeah. I'm also a little nervous.
Mom: That's okay! You will have lots of fun.
Trevor: I hope so.
Mom: When will John be here?
Trevor: I don't know.
Mom: I'm glad he is going to school with you.
Trevor: Me too. John is going to be a great roommate.
Mom: Are you ready for class?
Trevor: No, but classes start next week. I have lots of time.
Mom: Do you need help with your things?
Trevor: No, I think other students will help.
Mom: Are you sure?
Trevor: Yes, Mom. You can go home. I will be fine.
Mom: Do you want to get lunch together?
Trevor: No, lunch is free today. All of the other students will be there.
Mom: Okay...
Trevor: Mom, I will be fine.
Mom: If you say so.
Trevor: I love you. Tell Dad I will be fine.
Mom: I love you, too. Have a great time!

53

FÖRRYMT DJUR PÅ ZOOET

ESCAPED ANIMAL AT THE ZOO (A2)

Tina: Hej, Jeff! Hur mår du idag?
Jeff: Bra. Men du, har du sett Tony?
Tina: Vem är Tony? Hur ser han ut?
Jeff: Tony bor här. Han är orange och vit med svarta ränder och han väger ungefär tvåhundratjugofem kilo.
Tina: Han är ganska tung! Vänta... orange och vit med svarta ränder?
Jeff: Ja.
Tina: Är Tony hårig?
Jeff: Kanhända.
Tina: Är Tony en tiger? Har vår tiger rymt?
Jeff: Ja! Men var tyst! Jag vill inte hamna i trubbel. Vi måste hitta Tony innan djurparken öppnar.
Tina: Öhm, ja, det måste vi.
Jeff: Kan du hjälpa mig?
Tina: Visst. Kan du berätta hur det här hände?
Jeff: Tja, jag öppnade dörren för att städa ur hans inhägnad, men han knuffade omkull mig och sprang iväg.
Tina: Åh, nej! Såg du vart han tog vägen?
Jeff: Jag tror han sprang hiåt, men nu ser jag honom inte längre.
Tina: Vart skulle han kunna ta vägen?
Jeff: Jag vet inte. Han borde vara mätt efter frukosten. Jösses, vad varmt det är idag!
Tina: Jag har det!
Jeff: Vad har du?
Tina: Det är så varmt idag och tigrar gillar vatten. Jag slår vad om att han är vid dammen.
Jeff: Du kan ha rätt!

Tina: Kolla, där är han! Skynda dig att fånga honom!

ESCAPED ANIMAL AT THE ZOO

Tina: Hey, Jeff! How are you today?

Jeff: I'm good. Actually, have you seen Tony?

Tina: Who is Tony? What does he look like?

Jeff: Tony lives here. He's orange and white with black stripes and he weighs about five hundred pounds.

Tina: He's pretty heavy! Wait... orange and white with black stripes?

Jeff: Yes.

Tina: Is Tony furry?

Jeff: Maybe.

Tina: Is Tony a tiger? Did our tiger escape?

Jeff: Yes! But keep it down! I don't want to get in trouble. We have to find Tony before the zoo opens.

Tina: Umm, yes, we do.

Jeff: Will you help me?

Tina: Sure. Can you tell me how this happened?

Jeff: Well, I opened the door to clean his enclosure but he knocked me over and ran away.

Tina: Oh, no! Did you see where he went?

Jeff: I think he went this way, but I don't see him anymore.

Tina: Where could he be?

Jeff: I'm not sure. He should be full from breakfast. Gosh, it's so hot today!

Tina: That's it!

Jeff: What's it?

Tina: It's so hot today and tigers like the water. I bet he's at the pond.

Jeff: You may be right!

Tina: Look, there he is! Hurry up and catch him!

54

CAMPINGTUR

-

CAMPING TRIP (A2)

Peter: Hörde du det där?
Gwen: Nej.
Peter: Jag tror jag hörde något där ute.
Gwen: Var?
Peter: Jag tror ljudet kom från dom där träden.
Gwen: Vad lät det som?
Peter: Det lät som något knakade.
Gwen: Är du säker på att det inte var elden? Jag har lyssnat på hur elden gör knäppande ljud.
Peter: Du har nog rätt.
Gwen: Skräm inte upp mig så där.
Peter: Förlåt.
Gwen: Jag börjar bli hungrig.
Peter: Jag tror varmkorvarna är klara. Tog du med korvbröden?
Gwen: Ja, de är här. De där varmkorvarna ser riktigt goda ut!
Peter: Ja! Här, den här är din.
Gwen: Tack. Vill du ha ketchup?
Peter: Nej, bara senap, tack.
Gwen: Jag tog inte med mig någon senap. Förlåt!
Peter: Det är okej. Har du något vatten?
Gwen: Ja, här, varsågod.
Peter: Det här är en underbar skog.
Gwen: Det tycker jag med. Jag älskar att campa i skogen.
Peter: Jag vill se soluppgången imorgon bitti.

Gwen: Jag också. Solen går upp klockan sex, så vi behöver vakna väldigt tidigt.
Peter: Du har rätt. Låt oss gå till sängs.
Gwen: Okej, tog du med tältet?
Peter: Såklart! Kan du hjälpa mig att sätta upp det?
Gwen: Visst!

CAMPING TRIP

Peter: Did you hear that?
Gwen: No.
Peter: I think I heard something out there.
Gwen: Where?
Peter: I think the noise was coming from those trees.
Gwen: What did the noise sound like?
Peter: It sounded like something popped.
Gwen: Are you sure it wasn't the fire? I've been listening to the fire making popping noises.
Peter: You're probably right.
Gwen: Don't scare me like that.
Peter: I'm sorry.
Gwen: I'm getting hungry.
Peter: I think the hotdogs are ready. Did you bring the buns?
Gwen: Yeah, they're right here. Those hotdogs look really good!
Peter: Yeah! Here, this one is yours.
Gwen: Thank you. Do you want some ketchup?
Peter: No, just mustard, please.
Gwen: I didn't bring any mustard. Sorry!
Peter: That's okay. Do you have any water?
Gwen: Yes, here you go.
Peter: This is a lovely forest.
Gwen: I think so, too. I love camping in the forest.
Peter: I want to watch the sunrise in the morning.
Gwen: Me too. Sunrise is at 6 a.m., so we need to wake up very early.
Peter: You're right. Let's go to bed.
Gwen: Okay, did you bring the tent?
Peter: Of course! Can you help me with it?
Gwen: Sure!

55

MIN BÄSTA VÄNS FAMILJ

-

MY BEST FRIEND'S FAMILY (A2)

Klaus: Vad ska du göra i helgen?
Viviana: Jag vet inte ännu. Du då?
Klaus: Jag ska åka iväg med min vän Adams familj.
Viviana: Åh, jaha? Är du väl bekant med hans familj?
Klaus: Ja, de är som en andra familj för mig.
Viviana: Vad fint. Vad ska ni göra?
Klaus: De har ett hus vid sjön. Så vi ska åka dit.
Viviana: Coolt! Hur många år har du varit vän med Adam?
Klaus: Ungefär tolv år. Vi träffades på lågstadiet.
Viviana: Åhh. Har Adam några syskon?
Klaus: Ja. Han har en yngre syster.
Viviana: Hur gammal är hon?
Klaus: Hon är sexton. Hon går fortfarande på gymnasiet.
Viviana: Jag förstår. Ska hon också åka till sjön?
Klaus: Jag tror det Hon är också kompis med min syster. Så vi är som en enda stor familj!
Viviana: Åh, wow! Det låter perfekt.
Klaus: Det är det.
Viviana: Kommer din syster vara där i helgen?
Klaus: Nej, hon måste plugga inför högskoleprovet.
Viviana: Aha, jag förstår.
Klaus: Hon är väldigt avundsjuk på att vi åker utan henne.
Viviana: Tja, förhoppningsvis får hon ett bra resultat och då kan båda era familjer fira tillsammans!
Klaus: Ja! Det var en bra idé.

MY BEST FRIEND'S FAMILY

Klaus: What will you do this weekend?

Viviana: I don't know yet. What about you?

Klaus: I am going on a trip with my friend Adam's family.

Viviana: Oh, really? Are you close to his family?

Klaus: Yes, they're like my second family.

Viviana: That's so nice. What will you do?

Klaus: They have a house by the lake. So, we are going there.

Viviana: Cool! How many years have you been friends with Adam?

Klaus: About twelve years. We met in elementary school.

Viviana: Aww. Does Adam have siblings?

Klaus: Yes. He has a younger sister.

Viviana: How old is she?

Klaus: She's sixteen. She's still in high school.

Viviana: I see. Will she go to the lake, too?

Klaus: I think so. She's also friends with my sister. So, it's like we're one big family!

Viviana: Oh, wow! That's perfect.

Klaus: It is.

Viviana: Will your sister be there this weekend?

Klaus: No, she has to study for the SATs.

Viviana: Oh, I see.

Klaus: She's really jealous that we are going without her.

Viviana: Well, hopefully she gets a good score and then both of your families can celebrate together!

Klaus: Yes! That's a good idea.

56

EN FOTBOLLSSKADA
-
A SOCCER INJURY (A2)

Logan: Jag tror jag borde åka till sjukhuset.
Mia: Varför då?
Logan: Jag skadade foten när jag spelade fotboll.
Mia: Åh, nej! Vad hände?
Logan: Jag dribblade bollen och en kille från det andra laget trampade på min fot. Det gjorde inte särskilt ont till en början, men några minuter senare gjorde det jätteont. Så jag sa till min tränare och han tog mig ur spelet. Jag tror inte den är bruten, men något är fel.
Mia: Kan du gå på den?
Logan: Lite, men jag vill inte lägga för mycket vikt på foten.
Mia: Har du lagt is på den?
Logan: Nej, inte ännu.
Mia: Du borde lägga is på den. Jag ringer min vän Katie, hon är sjuksköterska.
Logan: Okej, tack.
(Fem minuter senare...)
Mia: Katie säger att du ska lägga is på foten och inte gå på den. Hon sa att du borde försöka åka till akutmottagningen idag.
Logan: Usch, okej.
Mia: Jag kan köra dig dit vid halv tre.
Logan: Tack! Du behöver inte vänta med mig där. Du kan bara släppa av mig.
Mia: Jag har inget emot att vänta. Jag har massor att läsa till skolan.
Logan: Är du säker?
Mia: Ja, inga problem! Vi ses snart.
Logan: Tack så mycket! Vi ses halv tre.

A SOCCER INJURY

Logan: I think I should go to the hospital.

Mia: Why?

Logan: I hurt my foot playing soccer.

Mia: Oh, no! What happened?

Logan: I was dribbling the ball and a guy on the other team stepped on my foot. It didn't really hurt at first, but then a few minutes later I was in a lot of pain. So, I told my coach and he took me out of the game. I don't think it's broken, but something is wrong.

Mia: Can you walk on it?

Logan: A little, but I don't want to put too much weight on my foot.

Mia: Have you put ice on it?

Logan: No, not yet.

Mia: You should ice it. I'll call my friend Katie who's a nurse.

Logan: Okay, thanks.

(Five minutes later...)

Mia: Katie said to ice the foot and don't walk on it. She said you should try to go to urgent care today.

Logan: Ugh, all right.

Mia: I can drive you there at two thirty.

Logan: Thanks! You don't have to wait there with me. You can just drop me off.

Mia: I don't mind waiting. I have a lot of reading to do for school.

Logan: Are you sure?

Mia: Yeah, no worries! I'll see you soon.

Logan: Thanks so much! I'll see you at two thirty.

57

FAST I TRAFIKEN
-
STUCK IN TRAFFIC (A2)

Ava: Varför är det så många röda ljus där framme?
Danny: Det ser ut som en trafikstockning.
Ava: Usch, jag hatar trafik! Det är inte ens rusningstid.
Danny: Det kanske har skett en olycka.
Ava: Kanske. Kan du försöka hitta någon trafikinformation på din mobil?
Danny: Visst. Enligt appen är det trafikfördröjningar i sexton kilometer till.
Ava: Sexton kilometer?! Det kommer ta lång tid!
Danny: Ja, men det är bara trafikstockning i ungefär åtta kilometer. Efter det blir det lite bättre. Jag tror det har skett en olycka.
Ava: Usch, jag hoppas att alla är okej.
Danny: Jag med. Faktiskt så tror jag att jag har hittat en genväg.
Ava: Har du?
Danny: Ja. Jag kollar på min kart-app. Det finns en väg vi kan ta som hjälper oss att undvika trafiken.
Ava: Toppen!
Danny: Men vi kommer sitta fast i den här trafikstockningen i ungefär fem kilometer innan vi kan ta av på den andra vägen.
Ava: Det är okej. Det kan jag stå ut med.
Danny: Okej. Sväng av här!
Ava: Okej. Sen då?
Danny: Kör en och en halv kilometer rakt fram, sväng sen höger på Headway Place. Efter det kör vi rakt fram i tjugoen kilometer, och sen är vi framme!
Ava: Och vi slipper trafiken!
Danny: Japp.

STUCK IN TRAFFIC

Ava: Why are there so many red lights up ahead?

Danny: It looks like a traffic jam.

Ava: Ugh, I hate traffic! It's not even rush hour.

Danny: Maybe there was an accident.

Ava: Maybe. Can you try to find information about the traffic on your phone?

Danny: Sure. According to the app, there will be traffic for another ten miles.

Ava: Ten miles?! That's a long time!

Danny: Yes, but the traffic is only heavy for about five miles. After that it gets a little better. I think there was an accident.

Ava: Well, I hope everyone is okay.

Danny: Me too. Actually, I think I found a shortcut.

Ava: Really?

Danny: Yeah. I'm looking at my maps app. There is a route we can take that will help us avoid the traffic.

Ava: Great!

Danny: But we will be stuck in traffic for another three miles before we can take the other route.

Ava: That's okay. I can deal with it.

Danny: All right, exit here!

Ava: Okay. Then what?

Danny: Go straight for one mile, then turn right on Headway Place. After that, we go straight for thirteen miles, and then we arrive!

Ava: And we skip the traffic!

Danny: Yep.

58

DU ÄR AVSKEDAD

-

YOU'RE FIRED (A2)

Alexis: Hej, David. Kan du komma in på mitt kontor? Jag vill prata med dig om något.

David: Javisst, inga problem.

Alexis: Jag vill prata med dig om dina förseningar. Du har kommit mer är tio minuter sent sju eller åtta gånger på senaste tiden. Vi pratade med dig om det och du lovade att vara punktlig. Men du kommer fortfarande för sent till jobbet. Om du fortsätter att komma för sent blir vi tvungna att avskeda dig.

David: Jag ber verkligen om ursäkt. Jag har tre rumskompisar och de har fester hela tiden. Ibland kan jag inte sova för att det är så högljutt. Och ibland går jag på festerna för att jag precis har flyttat till den här staden och jag vill träffa folk och ha kul.

Alexis: Jag förstår att du vill träffa människor och ha roligt, men det här är ditt jobb. Det är viktigt att du passar tider.

David: Kan jag inte bara komma in halv nio istället för klockan åtta? Och sen stanna till halv sex istället för klockan fem?

Alexis: Nej, David. Våra anställda måste vara på jobbet klockan åtta.

David: Det tycker inte jag är rättvist. Jag jobbar hårt och har hjälpt företaget massor.

Alexis: Ja. Men du måste respektera reglerna. Vet du, David... Din attityd är inte vidare bra. Vi behöver anställda som är punktliga och ansvarsfulla. Den här fredagen kommer vara din sista arbetsdag.

David: Va?!

Alexis: Jag är ledsen, David. Du kan inte jobba kvar här längre.

YOU'RE FIRED

Alexis: Hi, David. Can I see you in my office? I want to talk to you about something.

David: Yeah, no problem.

Alexis: I want to talk to you about your tardiness. You have been more than ten minutes late seven or eight times recently. We talked to you about it and you promised to be punctual. But you are still coming to work late. If you continue to be late, we will have to terminate you.

David: I'm really sorry. I have three roommates and they always have parties. Sometimes I can't sleep because it's so loud. And sometimes I go to the parties because I just moved to this city and I want to meet people and have fun.

Alexis: I understand that you want to meet people and have fun, but this is your job. It's important that you are punctual.

David: Can I just arrive at work at eight thirty instead of eight o'clock? And then stay until five thirty instead of five o'clock?

Alexis: No, David. Our employees must arrive at eight o'clock.

David: I don't think that's fair. I work hard and I have helped the company a lot.

Alexis: Yes. But you have to respect the rules. You know, David... your attitude is not very good. We need employees that are punctual and responsible. This Friday will be your last day.

David: What?!

Alexis: I'm sorry, David. You can't work here anymore.

59

MIN TRETTIONDE FÖDELSEDAG
-
MY THIRTIETH BIRTHDAY (A2)

Daniela: Hej, Nolan!
Nolan: Hej, Daniela!
Daniela: Har du några planer för fredag kväll?
Nolan: Jag jobbar till sju på fredag. Hur så?
Daniela: Det är min födelsedag den här helgen och jag ska ha fest på fredag.
Nolan: Åh, coolt! Hur dags är festen?
Daniela: Runt klockan sex. Men om du kommer sent är det okej! Vi ska gå på restaurang och sen till en bar efter att vi är klara med middagen. Du kan möta upp oss på baren.
Nolan: Okej! Jag kommer gärna. Jag har inte sett dig på så länge!
Daniela: Jag vet! Hur går det med allting?
Nolan: Det går bra. Det är bara mycket på jobbet.
Daniela: Hur är det med Ana?
Nolan: Hon mår jättebra. Hon älskar sitt nya jobb.
Daniela: Toppen.
Nolan: Så vilken restaurang ska ni gå på?
Daniela: Urban Pizzeria. Har du varit där?
Nolan: Nej, men min kompis var där och sa att det var jättebra.
Daniela: Bra.
Nolan: Och vilken bar ska ni gå till senare?
Daniela: Jag vet inte säkert ännu, men jag säger till när jag vet!
Nolan: Låter bra. Vi ses i helgen! Åh, och hur mycket fyller du?
Daniela: Det är min trettionde. Jag är officiellt gammal!
Nolan: Nej, det är du inte! Och du ser fortfarande ut att vara tjugoett.
Daniela: Åh, wow. Tack! Jag bjuder dig på en drink på fredag.
Nolan: Haha, okej!

MY THIRTIETH BIRTHDAY

Daniela: Hi, Nolan!

Nolan: Hey, Daniela!

Daniela: Do you have plans on Friday night?

Nolan: I work until 7 p.m. on Friday. Why?

Daniela: It's my birthday this weekend and I'm having a party on Friday.

Nolan: Oh, cool! What time is the party?

Daniela: Around 6:00 p.m. But if you get there late, it's okay! We are going to a restaurant and then a bar after we finish dinner. You can meet us at the bar.

Nolan: Okay! I would love to go. I haven't seen you in a long time!

Daniela: I know! How is everything going?

Nolan: It's good. Just busy with work.

Daniela: How's Ana?

Nolan: She's great. She loves her new job.

Daniela: Awesome.

Nolan: So, which restaurant are you going to?

Daniela: Urban Pizzeria. Have you been there?

Nolan: No, but my friend went there and said it was really good.

Daniela: Yay.

Nolan: And which bar are you going to later?

Daniela: I'm not sure yet, but I will let you know!

Nolan: Sounds good. I'll see you this weekend! Oh, and which birthday is this?

Daniela: It's my thirtieth. I'm officially old!

Nolan: No you're not! And you still look like you're twenty-one.

Daniela: Oh, wow. Thank you! I'm buying you a drink on Friday.

Nolan: Ha ha, okay!

60

DET DÄR ÄR MIN

-

THAT'S MINE (A2)

Mathias: Kolla vad jag hittade! Min favorit-T-shirt! Den försvann för två månader sen.

Jacklyn: Det där är min T-shirt.

Mathias: Nej... det är min.

Jacklyn: Du gav den tröjan till mig.

Mathias: Nej, det gjorde jag inte. Jag lånade ut den till dig för att du ville ha på dig den när du skulle sova och alla dina andra pyjamasar var smutsiga. Och sen försvann den.

Jacklyn: Jag trodde att du gav den till mig för alltid.

Mathias: Nej! Jag älskar den här tröjan. Jag lät dig bara låna den.

Jacklyn: Åh...

Mathias: Jag hittade den bakom soffan. Hur hamnade den där bakom?

Jacklyn: Jag vet inte. Jag tror vi behöver städa oftare!

Mathias: Ja.

Jacklyn: Så... kan jag få tröjan?

Mathias: Nej! Det är min favorit-T-shirt.

Jacklyn: Kan vi dela på den?

Mathias: Du kan få ha på dig den ibland. Men du måste fråga först.

Jacklyn: Haha, på riktigt?

Mathias: Ja! Du är en T-shirt-tjuv.

Jacklyn: Okej då.

THAT'S MINE

Mathias: Look what I found! My favorite T-shirt! I lost this two months ago.
Jacklyn: That's my T-shirt.
Mathias: No… it's mine.
Jacklyn: You gave that shirt to me.
Mathias: No, I didn't. I lent it to you because you wanted to wear it to bed when all your other pajamas were dirty. And then it disappeared.
Jacklyn: I thought you were giving it to me forever.
Mathias: No! I love this shirt. I was just letting you borrow it.
Jacklyn: Oh…
Mathias: I found it behind the sofa. How did it get back there?
Jacklyn: I don't know. I think we need to clean more often!
Mathias: Yeah.
Jacklyn: So… can I have the shirt?
Mathias: No! It's my favorite T-shirt.
Jacklyn: Can we share it?
Mathias: You can wear it once in a while. But you have to ask me first.
Jacklyn: Ha ha, really?
Mathias: Yes! You're a T-shirt thief.
Jacklyn: Okay, fine.

61

GRÖNA FINGRAR
-
A GREEN THUMB (A2)

Rich: Hej, Maryann.

Maryann: Hallå, Rich! Hur är det med dig idag?

Rich: Det är toppen. Hur mår du?

Maryann: Jag mår bra. Jag vattnar bara mina växter.

Rich: Jag ville faktiskt prata med dig om dina växter.

Maryann: Åh, jaha?

Rich: Ja. Min familj och jag ska resa bort i två veckor och jag ville fråga om du kunde vattna våra växter medan vi är borta.

Maryann: Såklart! Jag hjälper gärna mina favoritgrannar.

Rich: Tack så mycket! Jag är så dålig på att ta hand om växter. Jag vet aldrig hur mycket vatten eller ljus jag ska ge dem. De dör alltid.

Maryann: Åh, nej! Tja, jag lär dig gärna några saker om växter. Folk säger att jag har gröna fingrar.

Rich: Vad menar du? Dina fingrar är inte gröna.

Maryann: Haha. Nej, jag menar inte att de är gröna *på riktigt*. "Gröna fingrar" betyder att du är bra på att ta hand om växter.

Rich: Åh! Det har jag aldrig hört förut.

Maryann: På riktigt?!

Rich: På riktigt.

Maryann: Då kan du det uttrycket nu! Och efter att jag har utbildat dig om växter kommer dina fingrar kanske bli gröna också!

Rich: Jag hoppas det! Min fru säger att jag alltid dödar våra växter. Hon kommer bli glad om de överlever.

Maryann: Dina växter blir säkert också glada!

A GREEN THUMB

Rich: Hi, Maryann.

Maryann: Hello, Rich! How are you today?

Rich: I'm great. How are you?

Maryann: I'm good. I'm just watering my plants.

Rich: I actually wanted to talk to you about your plants.

Maryann: Oh really?

Rich: Yes. My family and I are taking a trip for two weeks, and I wanted to ask you if you can water our plants while we are gone.

Maryann: Of course! I'm always happy to help my favorite neighbors.

Rich: Thanks so much! I am so bad with plants. I never know how much water or light to give them. They always die.

Maryann: Oh no! Well, I'm happy to teach you a little about plants. People say I have a green thumb.

Rich: What do you mean? Your thumb isn't green.

Maryann: Ha ha. No, I don't mean it's *actually* green. "A green thumb" means you are good at taking care of plants.

Rich: Oh! I've never heard that before.

Maryann: Really?!

Rich: Really.

Maryann: Well, now you know that expression! And after I teach you about plants, maybe your thumb will turn green, too!

Rich: I hope so! My wife says I always kill our plants. She will be happy if our plants stay alive.

Maryann: I'm sure your plants will be happy, too!

62

DIN PERFEKTA DAG

YOUR PERFECT DAY (A2)

Ji-hwan: Ska vi leka en lek?
Juliette: En lek? Vad för slags lek?
Ji-hwan: Blunda och föreställ dig din perfekta dag.
Juliette: Varför måste jag blunda?
Ji-hwan: För att det hjälper dig att föreställa dig allt lättare.
Juliette: Okej.
Ji-hwan: Så, hur börjar du din perfekta dag?
Juliette: Jag vaknar, och jag är i en superbekväm säng i ett fantastiskt hus i Bali.
Ji-hwan: Bali! Coolt. Och sen?
Juliette: Jag hör ljudet av ett vattenfall utanför mitt sovrum, och fåglarna kvittrar. Jag går ut och jag ser en underbar utsikt. Jag har en privat pool och bakom min privata pool ligger en regnskog. Och det flyger fjärilar omkring mig.
Ji-hwan: Det låter vackert. Vad gör du nu?
Juliette: En stilig man serverar mig frukost.
Ji-hwan: Vänta – jag eller en annan stilig man?
Juliette: Jag sa en *stilig* man.
Ji-hwan: Det där var elakt!
Juliette: Jag skojar! Du sa "perfekt dag" och det här är min perfekta dag.
Ji-hwan: Okej då. Fortsätt.
Juliette: En stilig man serverar mig frukost. Den är utsökt och jag njuter av den och tittar på det vackra landskapet. Sen springer en elefantbebis fram till mig och vi leker i en timme.
Ji-hwan: Wow.
Juliette: Och sen simmar jag i floden och vattenfallet nära mitt hus.

Ji-hwan: Är jag där?

Juliette: Ja, nu är du hos mig. Du sov men elefantbebisen väckte dig. Sen utforskar vi stränder och djunglar hela dagen!

Ji-hwan: Det låter fantastiskt! Kan vi göra det på riktigt?

Juliette: Ja. Vi behöver bara tjäna ihop mycket mer pengar först!

Ji-hwan: Haha, okej! Nu blev jag motiverad!

YOUR PERFECT DAY

Ji-hwan: Let's play a game.

Juliette: A game? What kind of game?

Ji-hwan: Close your eyes and imagine your perfect day.

Juliette: Why do I need to close my eyes?

Ji-hwan: Because it will help you imagine it better.

Juliette: Okay.

Ji-hwan: All right, so how do you begin your day?

Juliette: I wake up, and I am in a super comfortable bed in an amazing house in Bali.

Ji-hwan: Bali! Cool. Then what?

Juliette: I hear the sound of a waterfall outside my bedroom, and the birds are chirping. I walk outside and I see a beautiful view. I have a private pool and behind my private pool there is a rainforest. And there are butterflies flying around me.

Ji-hwan: That sounds beautiful. What do you do now?

Juliette: A handsome man delivers breakfast to me.

Ji-hwan: Wait—me or a different handsome man?

Juliette: I said a *handsome* man.

Ji-hwan: That's mean!

Juliette: I'm kidding! You said "perfect day" and this is my perfect day.

Ji-hwan: Okay, fine. Continue.

Juliette: A handsome man delivers breakfast to me. It's delicious and I'm enjoying it and looking at the beautiful scenery. Then a baby elephant runs over to me and we play for an hour.

Ji-hwan: Wow.

Juliette: And then I swim in the river and the waterfall near my house.

Ji-hwan: Am I there?

Juliette: Yes, now you're with me. You were sleeping but the baby elephant woke you up. Then we explore beaches and jungles all day!

Ji-hwan: That sounds amazing! Can we do that in real life?

Juliette: Yes. We just need to make a lot more money first!

Ji-hwan: Ha ha, okay! Now I'm motivated!

63

VILKET SPRÅK VILL DU LÄRA DIG?
-
WHAT LANGUAGE DO YOU WANT TO LEARN? (A2)

Vanessa: Hur många språk pratar du, Jay?

Jay: Bara engelska. Jag läste spanska på högstadiet så jag förstår lite av det. Du då?

Vanessa: Jag pratar engelska och spanska, och jag pluggade franska i mellanstadiet och högstadiet.

Jay: Åh, wow! Var det svårt att lära dig franska?

Vanessa: Inte särskilt. Det är likt spanska.

Jay: Ja, det verkar logiskt. Spanska och engelska är också lika.

Vanessa: Sant. De är mer lika än engelska och kinesiska, till exempel!

Jay: Ja, mycket mer lika! Jag vill faktiskt lära mig kinesiska.

Vanessa: Vill du? Varför?

Jay: Tja, jag vill bli affärsman och jag tror att kinesiska kommer bli väldigt användbart i framtiden. Det blir allt vanligare.

Vanessa: Ja, så är det. Men kinesiska är väldigt svårt att lära sig, eller hur?

Jay: Ja. Det är jättesvårt. Speciellt att läsa, skriva, och uttala.

Vanessa: Hur lär du dig det?

Jay: Jag har en lärobok och jag kollar på några kinesiska tv-program på nätet.

Vanessa: Vad coolt! När började du lära dig kinesiska?

Jay: För tre månader sen, ungefär. Jag är fortfarande en nybörjare. Men jag kan säga några meningar, så jag är nöjd med det.

Vanessa: Det är jättebra! Och jag tror det är en bra idé att plugga kinesiska. När du söker jobb kommer företagen bli intresserade av din ansökan.

Jay: Jag hoppas det. Vilket språk skulle du vilja lära dig?

Vanessa: Jag vill lära mig italienska. Jag tycker det är så vackert.

Jay: Jag med! Du borde plugga italienska.

Vanessa: Du inspirerar mig faktiskt. Jag tror jag ska börja lära mig det nu!

Jay: Toppen!

WHAT LANGUAGE DO YOU WANT TO LEARN?

Vanessa: How many languages do you speak, Jay?

Jay: Just English. I studied Spanish in high school so I know a little bit of it. What about you?

Vanessa: I speak English and Spanish, and I studied French in middle school and high school.

Jay: Oh, wow! Was French hard for you to learn?

Vanessa: Not really. It's similar to Spanish.

Jay: Yeah, that makes sense. Spanish and English are similar, too.

Vanessa: True. They are more similar than English and Chinese, for example!

Jay: Yes, much more similar! Actually, I want to learn Chinese.

Vanessa: Really? Why?

Jay: Well, I want to be a businessman, and I think Chinese will be very useful in the future. It is becoming more widespread.

Vanessa: Yes, it is. But Chinese is very difficult to learn, right?

Jay: Yeah. It's very hard. Especially reading, writing, and pronunciation.

Vanessa: How are you studying?

Jay: I have a textbook and I watch some Chinese TV shows on the Internet.

Vanessa: That's so cool! When did you start learning Chinese?

Jay: About three months ago. I'm still a beginner. But I can say a few sentences, so I'm happy about that.

Vanessa: That's awesome! And I think it's a good idea to study Chinese. When you apply for jobs, the companies will be interested in your application.

Jay: I hope so. What language do you want to learn?

Vanessa: I want to learn Italian. I think it's so beautiful.

Jay: I agree! You should study Italian.

Vanessa: Actually, you are inspiring me. I think I will start learning it now!

Jay: Great!

64

DU HAR FÖR MÅNGA SKOR!

-

YOU HAVE TOO MANY SHOES! (A2)

Brandon: Steph, garderoben är så full! Mina kläder får inte plats.
Stephanie: Hoppsan. Förlåt. Jag har många skor.
Brandon: Du har för många skor! Hur många par skor har du?
Stephanie: Öhm... Jag hade trettiofyra par förra månaden. Men jag köpte ett nytt par förra veckan.
Brandon: Så du har trettiofem par skor?!
Stephanie: Ja.
Brandon: Behöver du verkligen trettiofem par skor?
Stephanie: Jag gillar verkligen skor. Och jag använder de flesta av dem.
Brandon: Men du använder inte allihopa. Du borde donera några av dina skor till välgörenhet.
Stephanie: Du har rätt. Jag ska gå igenom alla mina skor nu och bestämma vilka jag vill behålla.
Brandon: Jag tycker det är en jättebra idé. Vill du ha hjälp?
Stephanie: Visst.
Brandon: Okej... vad säger du om de här lila skorna?
Stephanie: Jag älskar dem! Jag hade dem på Isabelles bröllop och på min personalfest förra året.
Brandon: Så du har bara haft på dig dem två gånger?
Stephanie: Ja.
Brandon: När kommer du använda dem igen?
Stephanie: Jag vet inte. Kanske nästa år.
Brandon: Nästa år?! Vill du verkligen ha kvar dem i garderoben i ett år? Om du ger dem till välgörenhet kan någon annan använda dem.
Stephanie: Ja. Du har rätt. Hejdå, lila skor. Jag tyckte om att ha på mig er!
Brandon: Bra jobbat, Steph! Okej, vad tror du om de här blå gympaskorna...?

YOU HAVE TOO MANY SHOES!

Brandon: Steph, the closet is so full! There is no space for my clothes.

Stephanie: Oops. I'm sorry. I have a lot of shoes.

Brandon: You have too many shoes! And how many pairs of shoes do you have?

Stephanie: Umm... I had thirty-four last month. But I bought another pair last week.

Brandon: So, you have thirty-five pairs of shoes?!

Stephanie: Yes.

Brandon: Do you really need thirty-five pairs of shoes?

Stephanie: I really like shoes. And I wear most of them.

Brandon: But you don't wear all of them. You should donate some of your shoes to charity.

Stephanie: You're right. I will look at all my shoes now and decide which ones I want to keep.

Brandon: I think that's a really good idea. Do you want some help?

Stephanie: Sure.

Brandon: Okay.... what about these purple ones?

Stephanie: I love those! I wore those to Isabelle's wedding and to my office party last year.

Brandon: So, you only wore them two times?

Stephanie: Yes.

Brandon: When will you wear them again?

Stephanie: I don't know. Maybe next year.

Brandon: Next year?! Do you really want to keep these in the closet for a year? If you give them to charity, another person can wear them.

Stephanie: Yeah. You're right. Bye, purple shoes. I enjoyed wearing you!

Brandon: Good job, Steph! Okay, what about these blue sneakers...?

65

DET ÄR INTE ALLS SNÄLLT

THAT'S NOT VERY NICE (A2)

Arianna: Kristoffer! Kalla inte din syster "dum"! Det är inte alls snällt.

Kristoffer: Men hon tog min boll!

Arianna: Nå, det var inte snällt av henne. Men du borde inte kalla henne dum. Det är inte ett trevligt ord.

Kristoffer: Jag bryr mig inte. Jag är arg på henne.

Arianna: Var snäll och be henne om ursäkt.

Kristoffer: Nej.

Arianna: Kris, lyssna på mig. Be om ursäkt till din syster.

Kristoffer: Jag gör det sen.

Arianna: Gör det nu, tack.

Kristoffer: Okej då. Förlåt, Kate.

Arianna: Varför säger du förlåt? Berätta för henne.

Kristoffer: Förlåt att jag kallade dig dum.

Arianna: Tack, Kris. Och hörde du henne? Hon bad precis om ursäkt till dig också.

Kristoffer: Okej. Systrar är så irriterande.

Arianna: Systrar är fantastiska. Min syster är min bästa vän. När vi var små bråkade vi ofta. Men nu är jag så tacksam för henne.

Kristoffer: Vad brukade du och moster Kristina bråka om?

Arianna: Om allt. Normala barngrejer.

Kristoffer: Tog hon någonsin dina leksaker?

Arianna: Såklart.

Kristoffer: Vad gjorde du då?

Arianna: Jag blev arg på henne och ibland sa jag elaka saker till henne. Men då sa min mamma åt oss att säga förlåt till varandra. Och då mådde vi bättre.

Kristoffer: Jag mår inte bättre.
Arianna: Kanske inte ännu, men det kommer du göra.
Kristoffer: Okej. Kan jag gå ut och leka nu?
Arianna: Ja. Men middagen är klar om en halvtimme.
Kristoffer: Okej. Tack, mamma.
Arianna: Varsågod, älskling.

THAT'S NOT VERY NICE

Arianna: Kristoffer! Don't call your sister "stupid"! That's not very nice.

Kristoffer: But she took my ball!

Arianna: Well, that was not nice of her. But you should not call her stupid. That's not a nice word.

Kristoffer: I don't care. I'm mad at her.

Arianna: Please tell her you're sorry.

Kristoffer: No.

Arianna: Kris, listen to me. Apologize to your sister.

Kristoffer: I'll do it later.

Arianna: Please do it now.

Kristoffer: Fine. Kate, I'm sorry.

Arianna: What are you sorry for? Tell her.

Kristoffer: I'm sorry I called you stupid.

Arianna: Thank you, Kris. And did you hear her? She just apologized to you, too.

Kristoffer: Okay. Sisters are so annoying.

Arianna: Sisters are wonderful. My sister is my best friend. When we were kids, we fought a lot. But now I am so grateful for her.

Kristoffer: What did you and Aunt Kristina fight about?

Arianna: Everything. Normal kid things.

Kristoffer: Did she ever take your toys?

Arianna: Of course.

Kristoffer: What did you do?

Arianna: I got angry at her and sometimes I said mean things to her. But then my mom told us to say I'm sorry to each other. And we felt better after.

Kristoffer: I don't feel better.

Arianna: Maybe not yet. But you will.

Kristoffer: Okay. Can I go play outside now?

Arianna: Yes. But dinner will be ready in half an hour.

Kristoffer: All right. Thanks, Mom.

Arianna: Of course, sweetie.

66

ÖPPNA ETT BANKKONTO
-
SETTING UP A BANK ACCOUNT (B1)

Bankanställd: Hej! Vad kan jag hjälpa dig med?

James: Hej. Jag behöver öppna ett bankkonto.

Bankanställd: Toppen! Det kan jag hjälpa dig med. Vilket sorts konto vill du öppna?

James: Ett checkkonto.

Bankanställd: Absolut. Bara ett checkkonto? Skulle du vilja öppna ett sparkonto också?

James: Nej, bara ett checkkonto.

Bankanställd: Perfekt. Du behöver sätta in minst tvåhundra kronor för att öppna kontot.

James: Det går bra. Kan jag sätta in mer?

Bankanställd: Ja, absolut! Du kan börja med hur mycket som helst, så länge det är över tvåhundra kronor.

James: Okej. Då sätter jag in niohundra kronor.

Bankanställd: Det låter bra. Jag behöver ditt körkort och personnummer. Och du behöver fylla i det här formuläret med grundläggande information.

James: Jag har inte mitt id-kort med mig. Går det bra ändå? Jag kan mitt personnummer.

Bankanställd: Det är inga problem. Vi behöver bara numret.

James: Okej. Får jag mitt bankkort idag?

Bankanställd: Nej, det tar mellan fem och tio dagar att få kortet. Du kommer få det på posten.

James: Åh. Hur kan jag handla innan jag får mitt bankkort?

Bankanställd: Du behöver använda ditt förra checkkonto, eller så kan du ta ut kontanter idag och använda dem tills du får kortet.

James: Jag förstår. Okej, tack för hjälpen.

Bankanställd: Tack du med! Ha en trevlig dag!

James: Tack, du också.

SETTING UP A BANK ACCOUNT

Bank employee: Hello! How can I help you?

James: Hi. I need to set up a bank account.

Bank employee: Great! I can help you with that. What kind of account would you like to open?

James: A checking account.

Bank employee: All right. Just a checking account? Would you like to open a savings account as well?

James: No, just a checking account.

Bank employee: Perfect. So, you'll need to deposit at least twenty-five dollars to open the account.

James: That's fine. Can I deposit more?

Bank employee: Yes, of course! You can start with however much you'd like, as long as it's over twenty-five dollars.

James: Okay. I'll start with one hundred dollars.

Bank employee: Sounds good. I'll need your driver's license and social security number. And you'll need to fill out this form with your basic information.

James: I don't have my social security card with me. Is that okay? But I know my number.

Bank employee: That's fine. We just need your number.

James: Okay. Do I get a debit card today?

Bank employee: No, it takes between five and ten days to receive your card. You'll get it in the mail.

James: Oh. How do I make purchases before I get my debit card?

Bank employee: You'll have to use your previous checking account, or you can withdraw some cash today and use that until you receive the card.

James: I see. All right, thanks for your help.

Bank employee: Thank you, too! Have a good day!

James: Thanks; you too.

67

VÄNTA PÅ ATT GÅ OMBORD PÅ ETT FLYGPLAN

-

WAITING TO BOARD AN AIRPLANE (B1)

Mason: När börjar boardingen?

Alexis: Den börjar nu.

Mason: Åh, okej. Vi bör nog ta fram våra boardingkort.

Alexis: Ja. Vad är våra sittplatser?

Mason: 47B och 47C. I mitten och vid mittgången.

Alexis: Jag har inget emot att sitta i mitten om du vill sitta vid gången.

Mason: Det är en kort flygresa, så jag har inget emot att sitta i mitten.

Alexis: Du har längre ben, så du kan ta gångplatsen.

Mason: Tack! Jag bjuder dig på en drink när vi landar i Seattle.

Alexis: Haha, vi är överens!

Mason: Det är så många människor i kön; jag tror flyget kommer bli fullt.

Alexis: Jag tror du har rätt. Jag är inte förvånad; det är långhelg.

Mason: Just det. Jag hoppas det finns tillräckligt med plats för våra väskor på bagagehyllorna. Vi tog en risk när vi inte checkade in våra väskor!

Alexis: Jag vet. Det är lite jobbigt att dra runt på ett handbagage, men jag föredrar att ha min väska med mig. Och jag gillar inte att vänta på min väska vid bagagekarusellen.

Mason: Ja. Ibland tar det en evighet innan väskorna kommer! När jag kommer fram vill jag bara komma ut ur flygplatsen och påbörja min resa!

Alexis: Jag med. Jag är inte heller tålmodig. Det måste vara därför vi är vänner!

Mason: Haha. Det är en av många anledningar!

WAITING TO BOARD AN AIRPLANE

Mason: When does boarding start?

Alexis: It's starting now.

Mason: Oh, okay. We'd better get our boarding passes out.

Alexis: Yeah. What are our seat numbers?

Mason: 47B and 47C. Middle and aisle seats.

Alexis: I don't mind sitting in the middle if you want the aisle seat.

Mason: It's a short flight, so I really don't mind sitting in the middle.

Alexis: You have longer legs, so you can take the aisle.

Mason: Thanks! I'll buy you a drink when we land in Seattle.

Alexis: Ha ha, deal!

Mason: There are so many people in line; I think it will be a full flight.

Alexis: I think you're right. I'm not surprised; it's a holiday weekend.

Mason: Right. I hope there is enough space for our bags in the overhead bins. We took a risk by not checking our bags!

Alexis: I know. It's kind of a pain to lug around a carry-on bag, but I prefer to have my bag with me. And I don't like waiting for my bag at the baggage carousel.

Mason: Yeah. Sometimes it can take forever for the bags to come out! When I arrive I just want to get out of the airport and start my trip!

Alexis: Me too. I'm not patient, either. That must be why we're friends!

Mason: Ha ha. That's one of the many reasons!

68

ADOPTERA EN HUND

–

ADOPTING A DOG (B1)

Wendy: Jag tror att Barley behöver en kompis.
Juan: Vill du skaffa en till hund? Är du säker på att du har tid med det?
Wendy: Ja, jag tror det är dags.
Juan: Okej, vilken sorts hund funderar du på att skaffa?
Wendy: Jag är inte säker, men jag vet att jag vill adoptera en. Det finns många hundar på hundstallet, så jag vill adoptera en hemlös hund.
Juan: Men är du inte orolig över hundens personlighet? Tänk om hunden är elak?
Wendy: Mina vänner har adopterat hemlösa hundar och alla dem är så kärleksfulla. Jag tror hundarna är tacksamma över att vara i ett kärleksfullt hem och deras kärleksfulla personligheter verkar reflektera det.
Juan: Det är sant, antar jag. Din väns hund Brisket verkar vara jättekärleksfull, och jag vet att han var adopterad.
Wendy: Precis!
Juan: Så varifrån ska du adoptera en hund? Från hundstallet?
Wendy: Ja, men jag kan också kolla på nätet efter adoptionscenter eller djurskyddsorganisationer för att hitta en.
Juan: Jag förstår. Kan du bara välja en och så levererar de djuret till dig?
Wendy: Nej, man måste fylla i ett adoptionsformulär, och jag tror att någon från organisationen kommer och gör en kontroll av hemmet.
Juan: Wow, det är mycket mer komplicerat än vad jag trodde.
Wendy: Ja, jag tror att de bara försöker försäkra sig om att hunden hamnar i ett bra, permanent hem. Jag har hört att många djur blir tillbakalämnade till organisationer efter att de blivit adopterade.
Juan: Nå, förhoppningsvis kommer Barley och den nya hunden komma överens.
Wendy: Det hoppas jag också. Jag är så spänd på att adoptera en hund till!

ADOPTING A DOG

Wendy: I think Barley needs a buddy.

Juan: You want to get another dog? Are you sure you have time for that?

Wendy: Yeah, I think it's time.

Juan: Okay, what kind of dog are you thinking of getting?

Wendy: I'm not sure, but I know I want to adopt one. There are a lot of dogs at the shelter, so I want to adopt a rescue.

Juan: But aren't you worried about the dog's personality? What if the dog is mean?

Wendy: My friends have rescues and each dog is so loving. I think the dogs are grateful to be in a loving home and their loving personalities seem to reflect that.

Juan: I guess that's true. Your friend's dog Brisket seems to be very loving, and I know he was adopted.

Wendy: Exactly!

Juan: So where are you going to go to adopt a dog? The pound?

Wendy: Yeah, but I can also go on the Internet sites for adoption centers or pet rescue organizations to find one.

Juan: I see. Do you just pick one and they deliver the pet to you?

Wendy: No, you have to fill out an adoption form, and I think someone from the organization comes over to do a home check.

Juan: Wow, this is much more complicated than I thought.

Wendy: Yeah, I think they're just trying to make sure that the dog is going to a good home permanently. I have heard that many animals are returned to shelters after they are adopted.

Juan: Well, hopefully Barley and the new dog will get along.

Wendy: I hope so, too. I can't wait to adopt another dog!

69

EN DAG PÅ STRANDEN

A DAY AT THE BEACH (B1)

Josh: Hej, Rebecca! Jag började tro att du inte skulle komma. Jag är glad att du är här.

Rebecca: Ja, det tog en stund att ta sig hit. Jag flyttade till Kalifornien för att vara närmare stranden så det här är värt det. Plus att vädret har varit underbart den senaste tiden.

Josh: Men du bor i West Covina. Är du inte fyra timmar iväg från stranden?

Rebecca: Ja, men det är när trafiken är tung. Idag tog det mig bara två timmar.

Josh: Det är ändå ganska långt, men okej! Du, är du hungrig? Vi har massa mat här.

Rebecca: Ja! Vad har ni?

Josh: Vi har vanliga varmkorvar, kryddiga varmkorvar, baconlindade varmkorvar, och kalkonkorvar.

Rebecca: Har du något annat än korv?

Josh: Jag tror att Nathaniel åt den sista hamburgaren. Men vi har massa chips och dipp och alla sorters drycker i kylväskorna där borta.

Rebecca: Toppen! Jag tror faktiskt att jag tar en baconlindad varmkorv om du har någon kvar.

Josh: Visst, här.

Rebecca: Tack, det här ser utsökt ut! Förresten, har du något solskyddsmedel? Jag tror jag lämnade mitt hemma.

Josh: Ja, jag har det här.

Rebecca: Tack! Tänker du spela volleyboll med allihop?

Josh: Antagligen, men jag åt precis så jag tänker vänta en halvtimme innan jag spelar. Jag vill inte få ont i magen.

Rebecca: Bra idé. Vill du vara på mitt lag?

Josh: Visst!

Rebecca: Super! Det här kommer bli så kul!

A DAY AT THE BEACH

Josh: Hey, Rebecca! I was beginning to think you weren't going make it. I'm glad you're here.

Rebecca: Yeah, it took a while to get here. I moved to California to be closer to the beach so this is worth it. Plus, the weather has been beautiful lately.

Josh: But you live in West Covina. Aren't you four hours from the beach?

Rebecca: Yeah, but that's with traffic. It only took me two hours today.

Josh: That's still pretty far, but all right! Hey, are you hungry? We have lots of food here.

Rebecca: I am! What do you have?

Josh: We have regular hot dogs, spicy hot dogs, bacon-wrapped hot dogs, and turkey hot dogs.

Rebecca: Do you have anything that's not a hot dog?

Josh: I think Nathaniel ate the last hamburger. But we have tons of chips and dip and all kinds of beverages in the coolers over there.

Rebecca: Great! Actually, I'll have a bacon-wrapped hot dog if you have any left.

Josh: Sure, here you go.

Rebecca: Thanks, this looks delicious! By the way, do you have any sunscreen? I think I left mine at the house.

Josh: Yes, I have some right here.

Rebecca: Thanks! Are you going to play volleyball with everyone?

Josh: Probably, but I just ate so I'm going to wait half an hour before I play. I don't want to get a stomachache.

Rebecca: Good idea. Do you want to be on my team?

Josh: Sure!

Rebecca: Great! This is going to be so much fun!

70

VI GÖR CHEESEBURGARE

-

LET'S MAKE CHEESEBURGERS (B1)

Whitney: Jag är hungrig. Jag har inte ätit på hela dagen.

John: Vad vill du äta? Jag är också hungrig.

Whitney: Jag vill ha en cheeseburgare. Kan du visa mig hur man gör en? Du gör så himla goda cheeseburgare!

John: Visst!

Whitney: Jag har några ingredienser till oss.

John: Har du? Har du hamburgerbröd?

Whitney: Ja. Och jag har nötfärs.

John: Och tillbehör?

Whitney: Jag har senap, majonäs, ketchup, och bostongurka.

John: Perfekt! Jag råkar ha lite sallad och tomater om du vill ha lite.

Whitney: Jag tror jag vill ha en hamburgare med hamburgersås och amerikansk ost.

John: Okej, coolt. Låt oss förbereda allt innan vi gör burgarna.

Whitney: Vad vill du att jag ska göra?

John: Du kan göra hamburgersåsen medan jag rostar bröden. Blanda lika delar senap, majonäs, ketchup, och bostongurka i en skål.

Whitney: Okej.

John: Jag rostar bröden i lite smör.

Whitney: Hamburgersåsen är klar. Vad ska jag göra nu?

John: Smula nötfärsen på en skärbräda och forma färsen till en cirkel.

Whitney: Ska äggulan vara i mitten?

John: Ja! Bra minne! Häll också på lite olivolja och strö på lite salt och peppar. Sen mixar du ihop allting och formar två bollar av nötfärsen. Tryck inte ihop köttet för hårt. Jag gör i ordning stekpannan.

Whitney: Vad gör vi sen?

John: När stekpannan är varm lägger du en boll i pannan och plattar till den till en biff. Stek burgaren i en minut på varje sida. Sen lägger du på osten. Till sist stänger du av värmen och låter burgaren vila i några minuter. När burgaren har svalnat kan du göra din hamburgare och äta den.

Whitney: Låter bra! Jag är otålig!

LET'S MAKE CHEESEBURGERS

Whitney: I'm hungry. I haven't eaten all day.

John: What do you want to eat? I am hungry, too.

Whitney: I want a cheeseburger. Can you show me how to make one? You make really good cheeseburgers!

John: Sure!

Whitney: I have some ingredients for us.

John: Really? Do you have hamburger buns?

Whitney: Yes. I also have ground beef.

John: What about condiments?

Whitney: I have mustard, mayonnaise, ketchup, and sweet relish.

John: Perfect! I happen to have some lettuce and tomatoes if you want some.

Whitney: I think I will have a burger with special sauce and American cheese.

John: Okay, cool. Let's get everything prepped before we make the burgers.

Whitney: What would you like me to do?

John: You can make the special sauce while I toast the buns. Mix equal parts mustard, mayonnaise, ketchup, and sweet relish together in a bowl.

Whitney: Okay.

John: I will toast the buns with a little bit of butter.

Whitney: The special sauce is ready. What do I do next?

John: Crumble the ground beef on a cutting board and make a circle with the ground beef.

Whitney: Do I add the egg yolk in the middle?

John: Yes! Good memory! You should also drizzle some olive oil and sprinkle on some salt and pepper. Then, mix everything together and form two balls from the ground beef. Don't pack the meat too tightly. I will get the pan ready.

Whitney: What do we do next?

John: Once the pan is hot, place a meat ball on the pan and then smash the ball into a patty. Cook the patty for a minute on each side. Then, add the cheese on top. Finally, turn off the heat and let the burger rest for a few minutes. Once the burger is cool, you can make your burger and eat it.

Whitney: Sounds great! I can't wait!

71

DET ÄR ETT HÅRSTRÅ I MIN MAT
-
THERE'S A HAIR IN MY FOOD (B1)

Gerald: Hur är din sallad?
Millie: Den är okej. Inte fantastisk. Hur är din köttpaj?
Gerald: Den är faktiskt jättegod. Den har massor av smak. Och... åh, jösses. Den har något annat också.
Millie: Vad?
Gerald: Ett hårstrå.
Millie: Ett hårstrå? Ett människohår?
Gerald: Ja, och det är ganska långt.
Millie: Är du säker?
Gerald: Det är precis här.
Millie: Gerald...
Gerald: Jag menar, den här restaurangen är inte billig. Det borde inte finnas hårstrå i vår mat.
Millie: Gerald!
Gerald: Vad är det?
Millie: Håret i din köttpaj är vitt.
Gerald: Och? Vad är din poäng?
Millie: Se dig omkring. Det finns ingen annan här med vitt hår.
Gerald: Öh...
Millie: Jag tror det där är ditt hår.

There's a hair in my food
Gerald: How's your salad?
Millie: It's okay. Not amazing. How's your potpie?
Gerald: It's great, actually. It has a ton of flavor. And... oh my gosh. It has something else, too.

Millie: What?

Gerald: A hair.

Millie: A hair? A human hair?

Gerald: Yeah, and it's pretty long.

Millie: Are you sure?

Gerald: It's right here.

Millie: Gerald…

Gerald: I mean, this restaurant isn't cheap. There shouldn't be hair in our food.

Millie: Gerald!

Gerald: What is it?

Millie: The hair in your potpie is white.

Gerald: So? What's your point?

Millie: Take a look around. There's no one else here who has white hair.

Gerald: Uh…

Millie: I think that's your hair.

72

HÖGERHÄNT ELLER VÄNSTERHÄNT?
-
RIGHT-HANDED OR LEFT-HANDED? (B1)

Santiago: Du är högerhänt, va?
Lauren: Ja. Det är du också, eller hur?
Santiago: Ja. Men både min pappa och min bror är vänsterhänta.
Lauren: Åh, intressant. Går höger- och vänsterhänthet i arv?
Santiago: Jag har ingen aning. Men jag har hört att både personlighet och andra karaktärsdrag hänger ihop med ens huvudhand.
Lauren: Verkligen? Vad har du hört?
Santiago: Jag är inte säker på att det är sant, men jag läste att högerhänta oftare gör bättre ifrån sig på IQ-test och att de lever längre.
Lauren: Åh, wow. Inte en chans.
Santiago: Och vänsterhänta tenderar att vara mer kreativa och det är mer troligt att de är genier. Åh, och vänsterhänta tjänar typ 25 procent mer pengar än högerhänta.
Lauren: Va? Jag undrar hur det kan komma sig.
Santiago: Tja, om jag var vänsterhänt kanske jag skulle vara ett geni och förstå varför!
Lauren: Haha, sant! Vi är inte smarta nog att fatta det.
Santiago: Många världsledare och historiska figurer har också varit vänsterhänta. Obama är vänsterhänt. George W. Bush och Bill Clinton också. Man tror att Alexander den store, Julius Caesar, och Napoleon också var vänsterhänta. Och vissa musiker, som Kurt Cobain och Jimi Hendrix.
Lauren: Wow, hur vet du så mycket om det här?
Santiago: Jag vet inte! Jag tycker det är fascinerande.
Lauren: Det är det. Nu önskar jag att jag var vänsterhänt.
Santiago: Tja, du är tjugoåtta år gammal, så jag är inte säker på att du kan ändra det nu!

RIGHT-HANDED OR LEFT-HANDED?

Santiago: You're right-handed, aren't you?

Lauren: Yeah. You are too, right?

Santiago: Yes. But my dad and brother are left-handed.

Lauren: Oh, interesting. Does right- and left-handedness run in families?

Santiago: I have no idea. But I've heard that personality and other characteristics are connected to your dominant hand.

Lauren: Really? What have you heard?

Santiago: I'm not sure if it's true, but I read that right-handed people often score higher on intelligence tests and they live longer.

Lauren: Oh wow. No way.

Santiago: And left-handed people tend to be more creative and are more likely to be geniuses. Oh, and left-handed people earn something like 25 percent more money than right-handed people.

Lauren: Whoa. I wonder why that happens.

Santiago: Well, maybe if I were left-handed I'd be a genius and understand why!

Lauren: Ha ha, true! We aren't smart enough to understand it.

Santiago: There have also been a lot of world leaders and historical figures who were left-handed. Obama is left-handed. So are George W. Bush and Bill Clinton. Supposedly, Alexander the Great, Julius Caesar, and Napoleon were lefties. And some musicians like Kurt Cobain and Jimi Hendrix.

Lauren: Wow, how do you know so much about this?

Santiago: I don't know! I think it's fascinating.

Lauren: It is. Now I wish I were left-handed.

Santiago: Well, you're twenty-eight years old, so I'm not sure you can change that now!

73

FLASKPOST
-
MESSAGE IN A BOTTLE (B1)

Scott: Jag älskar verkligen den här stranden. Den är alltid tom och vattnet är så klart.
Sky: Det är som vår egna lilla bit av himlen.
Scott: Sanden är så mjuk! Den känns som puder
Sky: Vita sandstränder är så trevliga.
Scott: Älskar du inte den här platsen?
Sky: Ja, det gör jag verkligen. Havsbrisen är så lugnande och avslappnande. Vi borde ta en simtur snart.
Scott: Jag håller med. Vattnet känns så skönt!
Sky: Vänta... ser du det där?
Scott: Ser vad?
Sky: Det flyter något glittrande i vattnet. Det ser ut som... en flaska.
Scott: Skulle det inte vara kul om det fanns ett meddelande i den där flaskan?
Sky: Ja, det skulle vara kul!
Scott: Här är flaskan. Den har en kork.
Sky: Och kolla! Jag tror det är något ihoprullat inuti. Det ser ut som papper.
Scott: Ett ögonblick. Ha! Har den.
Sky: Vad står det?
Scott: Jag vet inte... det är svårt att se för skriften ser riktigt gammal ut. Från vad jag kan se, ser det ut som att det står...
Sky: ... Ja?
Scott: Inget. Det är inget.
Sky: Kom igen! Vad står det? Jag är så nyfiken!
Scott: Det står, "Spring för era liv..."
Sky: Haha. Jättekul. Vad står det på riktigt?

Scott: Kolla själv.

Sky: Det... står faktiskt det. Vilket fånigt meddelande.

Scott: Ja, jag antar det.

Sky: Du, jag ser ett skepp i fjärran. Jag trodde inte det skulle finnas några skepp här i närheten.

Scott: Tog du med kikaren?

Sky: Ja, här är den.

Scott: Tack. Jag ser... en svart flagga med en vit dödskalle och två benknotor formade som ett kryss. Och skeppet är på väg hitåt.

Sky: Jag tror de är pirater!

Scott: Vi måste härifrån. Spring!

MESSAGE IN A BOTTLE

Scott: I really love this beach. It's always empty and the water is so clear.
Sky: It's like our own little slice of heaven.
Scott: The sand is so soft! It feels like powder.
Sky: White sand beaches are so nice.
Scott: Don't you love this place?
Sky: I really do. The ocean breeze is so calming and relaxing. We should go for a swim soon.
Scott: I agree. The water feels great!
Sky: Wait... do you see that?
Scott: See what?
Sky: There's something shiny floating in the water. It looks like... a bottle.
Scott: Wouldn't it be funny if there was a message in that bottle?
Sky: Yeah, that'd be funny!
Scott: Here's the bottle. It has a cork.
Sky: And look! I think there's something rolled up inside. Looks like paper.
Scott: Give me a second. Aha! Got it.
Sky: What does it say?
Scott: I don't know... it's hard to make out because the writing looks really old. From what I can tell, I think it says...
Sky: ...Well?
Scott: Nothing. It's nothing.
Sky: Come on! What does it say? I'm so curious!
Scott: It says, "Run for your lives..."
Sky: Ha ha. Very funny. What does it actually say?
Scott: See for yourself.
Sky: It... really does say that. What a silly message.
Scott: Yeah, I guess.
Sky: Hey, I see a ship in the distance. I didn't think there would be any ships nearby.
Scott: Did you bring the binoculars?
Sky: Yeah, here they are.

Scott: Thanks. I see... a black flag with a white skull and two bones in an "X" shape. And the ship is coming this way.

Sky: I think those are pirates!

Scott: We have to get out of here. Run!

74

HUR KOMMER JAG DIT?

-

HOW DO I GET THERE? (B1)

Jeffrey: Det ska bli så kul att se ditt nya hus!

Sarina: Ja, eller hur!

Jeffrey: Jag kan inte fatta att jag inte har hälsat på dig i ditt nya hus sen du flyttade.

Sarina: Det är okej! Du har varit så upptagen.

Jeffrey: Ja, det har jag. Jag är glad att jobbet har lugnat ner sig lite. Jag har inte haft något socialt liv på typ tre månader!

Sarina: Tja, du har precis startat ett företag. Det är förståeligt att det har varit så galet.

Jeffrey: Jag visste att det skulle bli galet, men det var ännu värre än jag trodde! Men jag älskar att vara egenföretagare. Det är stressigt, men i slutänden är allt jobb värt det.

Sarina: Det är kul att höra.

Jeffrey: Så kan jag bara använda en kart-app på min telefon för att ta mig hem till dig?

Sarina: Jag tänkte faktiskt ge dig instruktioner. En del har åkt vilse på väg hit.

Jeffrey: Okej, okej. Så hur kommer jag dit?

Sarina: Ta 94 East till Spring Street. Sen tar du höger efter att du svängt av från motorvägen. Direkt efter att du svängt höger, sväng höger igen. Det är en liten gata och många missar den.

Jeffrey: Så, sväng höger efter motorvägen. Sen direkt till höger igen på en liten gata.

Sarina: Japp. Kör sen rakt fram i ungefär två kvarter, och sväng sen vänster på Oak Tree Lane. Kör upp för kullen. Sväng höger på toppen av kullen. Vårt hus är det vita med palmträdet framför.

Jeffrey: Okej, jag förstår. Tack! Jag kommer runt halv sju. Jag hör av mig om jag åker vilse.

Sarina: Ja, slå en signal om du behöver mer instruktioner! Okej, ses snart!
Jeffrey: Vi ses!

HOW DO I GET THERE?

Jeffrey: I'm so excited to see your new place!

Sarina: Yay, me too!

Jeffrey: I can't believe I haven't visited you at your new house since you moved.

Sarina: It's okay! You've been so busy.

Jeffrey: Yeah, I have. I'm glad work has slowed down a bit. I haven't had a social life for, like, three months!

Sarina: Well, you just started a business. It's understandable that things have been so crazy.

Jeffrey: I knew it would be crazy, but it was even worse than I imagined! But I love working for myself. It's stressful but, in the end, all the work is worth it.

Sarina: That's great to hear.

Jeffrey: So, can I just use a maps app on my phone to get to your place?

Sarina: Actually, I'm going to give you directions. Some people have gotten lost on the way here.

Jeffrey: Okay, okay. So how do I get there?

Sarina: Take 94 East to Spring Street. Then turn right after you exit the freeway. Immediately after you turn right, turn right again. It's a small street and many people miss it.

Jeffrey: So, turn right after the freeway. Then make an immediate right again on a small street.

Sarina: Yes. And then go straight for about two blocks, and then turn left on Oak Tree Lane. Go up the hill. Turn right at the top of the hill. Our house is the white one with the palm tree in the front.

Jeffrey: Okay, got it. Thanks! I'll be there around 6:30. I'll let you know if I get lost.

Sarina: Yes, give me a call if you need more directions! All right, see you soon!

Jeffrey: See ya!

75

KÖPA EN FLYGBILJETT

-

BUYING A PLANE TICKET (B1)

Pam: Vill du åka på en resa med mig?
Jim: Visst! Vart tänkte du?
Pam: Jag är jättesugen på pizza, så vi ska åka till New York!
Jim: Vill du åka hela vägen till New York bara för att äta pizza?
Pam: Ja! Plus att vi kan hälsa på mina kusiner. Jag har inte sett dem på evigheter.
Jim: Okej, vi kör på det. När ska vi åka?
Pam: Jag tror att jag kan använda upp några semesterdagar om några veckor.
Jim: Det är bra, för jag börjar inte skolan förrän om en månad.
Pam: Ska vi kolla på nätet efter några flygbiljetter? Jag tror att några av flygbolagen har rea just nu, så förhoppningsvis kan vi hitta några bra erbjudanden.
Jim: Vi borde nog försöka åka på morgonen så att vi kommer fram i tid till middagen.
Pam: Pizza så fort vi har landat? Jag älskar redan den här resan!
Jim: Jag med. Har du hittat något?
Pam: Ja, det lägsta priset just nu är tvåtusenfyrahundra, tur och retur, per person, men då går flyget på natten och kommer fram på morgonen.
Jim: Och morgonflygen?
Pam: Öh... sextusen kronor.
Jim: Va?! Det är ju löjligt!
Pam: Eller hur? Jag brukar vanligtvis inte köpa flyg som går på natten, men prisskillnaden är för stor.
Jim: Jag håller med. Vi köper biljetterna till nattflyget och sen tar vi en tupplur så fort vi kommer fram.

Pam: Okej. Har vi kvar några flygpoäng?

Jim: Nej, men vi har fortfarande hotellpoäng kvar.

Pam: Tjoho! Okej, jag köpte precis två biljetter med mitt kreditkort. Kan du boka oss ett hotell?

Jim: Jag gjorde precis det. Jag antar att vi ska åka till New York.

Pam: Pizza, här kommer vi!

BUYING A PLANE TICKET

Pam: Would you like to go on a trip with me?
Jim: Sure! What do you have in mind?
Pam: I really want some pizza, so we're going to New York!
Jim: You want to go all the way to New York just for pizza?
Pam: Yes! Plus, we'll get to visit my cousins. I haven't seen them in ages.
Jim: Okay, let's do it. When are we going?
Pam: I think I will be able to use some vacation time in a few weeks.
Jim: That's good because I don't start school for another month.
Pam: Let's check online for some plane tickets. I think some of the airlines are having a sale right now, so hopefully we can get some great deals.
Jim: We should probably try to leave in the morning so we can get there in time for dinner.
Pam: Pizza as soon as we land? I am loving this journey already!
Jim: Me too. Have you found anything?
Pam: Yeah, the lowest ticket price right now is $280 round trip per person, but it's a red-eye flight.
Jim: What about the morning flights?
Pam: Uh… $700.
Jim: What?! That's ridiculous!
Pam: Right? I normally don't purchase overnight flights, but the price difference is too great.
Jim: I agree. Let's buy the red-eye flight tickets and take a nap as soon as we get there.
Pam: Okay. Do we have any mileage points left?
Jim: No, but we still have hotel credit leftover.
Pam: Yay! All right, I just purchased two tickets with my credit card. Can you book us a hotel?
Jim: Just did. I guess we're going to New York.
Pam: Pizza, here we come!

76

STÄDA HUSET

-

CLEANING THE HOUSE (B1)

Tracy: Det är städdag idag!

Landon: Min favoritdag under hela månaden!

Tracy: Haha. Vilka rum vill du ta dig an?

Landon: Öhm, jag gör vad som helst förutom köket

Tracy: Okej då. Jag tar köket om du tar badrummet.

Landon: Det funkar.

Tracy: Och jag tar sovrummet. Vill du ta vardagsrummet?

Landon: Visst. Och garaget?

Tracy: Usch. Vi tar det nästa gång istället. Det kommer ta en hel dag bara det.

Landon: Sant. Är alla städprodukter under handfatet?

Tracy: Ja och det finns extra pappershanddukar i skåpet om du behöver dem.

Landon: Bra. Jag ska sätta på lite städmusik!

Tracy: Haha. Vad är det för musik?

Landon: Idag är det åttiotalsrock. Jag hatar att städa, så jag behöver hålla mig själv motiverad!

Tracy: Gör vad du behöver göra!

Landon: *(Städar badrummet)* Älskling, varför behöver du så många schampon?

Tracy: Jag har inte så många schampon...

Landon: Du har fyra olika sorter här.

Tracy: Tja, jag gillar att prova olika sorter och se vilken jag gillar bäst.

Landon: Det är bara schampo!

Tracy: Mitt hår är viktigt! Varför har du samma par gympaskor i tre olika färger?

Landon: Jag gillar gympaskor!

Tracy: Du, ska vi kasta den här kökshandduken? Det är ganska sliten.

Landon: Ja, vi kan nog göra oss av med den.

Tracy: Så, jag är klar med köket. Dags att börja med sovrummet!

Landon: Okej!

CLEANING THE HOUSE

Tracy: It's cleaning day!

Landon: My favorite day of the month!

Tracy: Ha ha. Which rooms do you want to tackle?

Landon: Umm, I'll do anything except the kitchen.

Tracy: Okay, fine. I'll do the kitchen if you do the bathroom.

Landon: That works.

Tracy: And I'll do the bedroom. Do you want to do the living room?

Landon: Sure. What about the garage?

Tracy: Ugh. Let's just save that for next time. That'll take a whole day by itself.

Landon: True. Are all the cleaning products under the sink?

Tracy: Yeah and there are extra paper towels in the pantry if you need them.

Landon: Cool. I'm going to put on some cleaning music!

Tracy: Ha ha. What kind of music is that?

Landon: Today it's 80s rock. I hate cleaning, so I need to stay motivated!

Tracy: Whatever works for you!

Landon: *(cleaning the bathroom)* Honey, why do you need so many shampoos?

Tracy: I don't have that many shampoos...

Landon: You have four different kinds here.

Tracy: Well, I like to try different types and see which one I like best.

Landon: It's just shampoo!

Tracy: My hair is important! Why do you have the same pair of sneakers in three different colors?

Landon: I like sneakers!

Tracy: Hey, should we throw out this kitchen towel? It's pretty torn up.

Landon: Yeah, we can probably get rid of it.

Tracy: All right, I'm done with the kitchen. Time to move on to the bedroom!

Landon: Okay!

77

HUND ELLER KATT?
-
DOG OR CAT? (B1)

Marley: Steve! Vill du spela något? Jag har så tråkigt!
Steve: Nej, Marley. Jag har inte tid med det här idag.
Marley: Kom igen, vi spelar ett spel! Det blir kul!
Steve: Nej.
Marley: Men jag har med mig lasagne!
Steve: ... okej då. Ge hit lasagnen.
Marley: Du kan få hur mycket lasagne du vill efter att vi har spelat ett spel!
Steve: Okej, vad är spelet?
Marley: Vad är bättre: hund eller katt?
Steve: Hur spelar man det här spelet?
Marley: Jag radar upp anledningar till varför hundar är bättre och du måste rada upp anledningar till varför katter är bättre.
Steve: Och sen?
Marley: Och sen vinner den som kommer på bäst anledningar.
Steve: Vem bestämmer vem som vinner?
Marley: Vi båda två!
Steve: Det här låter inte klokt, men den där lasagnen ser riktigt god ut.
Marley: Det är den bästa lasagnen du någonsin kommer smaka!
Steve: Okej. Jag spelar väl ditt fåniga spel då.
Marley: Toppen! Jag kör först.
Steve: Kör på.
Marley: Okej, hundar är bäst för att de är kärleksfulla, lojala, lekfulla, superkul, roliga, fåniga, fluffiga, snabba, smarta, jätte-jättekul, jätte-jättelekfulla, och de kan apportera, springa jättefort, och skälla jättehögt! Åh, och de har bäst luktsinne!
Steve: Några av de där sa du flera gånger.

Marley: Nej, superkul är annorlunda än jätte-jättekul. Nu är det din tur!
Steve: Nej.
Marley: Va?
Steve: Det här är inte värt det.
Marley: Åh, kom igen!
Steve: Vi ses senare, Marley.

DOG OR CAT?

Marley: Steve! Do you want to play? I'm so bored right now!
Steve: No, Marley. I don't have time for this today.
Marley: Come on, let's play a game! It'll be fun!
Steve: No.
Marley: But I've brought lasagna!
Steve: ...fine. Hand over the lasagna.
Marley: You can have all the lasagna you want after we play a game!
Steve: All right, what's the game?
Marley: Which is better: dog or cat?
Steve: How do we play this game?
Marley: I'll list reasons why dogs are better and you have to list reasons why cats are better.
Steve: And then?
Marley: And then the winner is whoever comes up with better reasons.
Steve: Who decides on the winner?
Marley: We both do!
Steve: This doesn't make sense, but that lasagna looks really good.
Marley: It's the best lasagna you will ever have!
Steve: Okay, fine. I'll play your silly game.
Marley: Great! I'll go first.
Steve: Go on.
Marley: Okay, so dogs are great because they are loving, loyal, playful, super fun, funny, silly, fluffy, fast, smart, really, really fun, really, really playful, and they can play fetch, run really fast, and bark really loud! Oh, and they have the best sense of smell!
Steve: Some of those were repeated.
Marley: No, super fun is different from really, really fun. Now it's your turn!
Steve: No.
Marley: What?
Steve: This isn't worth it.
Marley: Oh, come on!
Steve: See you later, Marley.

78

GÅ PÅ ETT KAFÉ

-

VISITING A COFFEE SHOP (B1)

Riley: Hej, välkommen! Vad vill du ha?

Nour: Hej. Kan jag få en... hmm... Jag vill ha kaffe men jag är inte säker på vilken sort idag.

Riley: Tja, är du sugen på bryggkaffe? En espressodrink, som en latte eller cappuccino? Eller något annorlunda, som en pour-over?

Nour: Vad är en pour-over? Jag ser det hela tiden på kafémenyer, men jag vet inte vad det är.

Riley: Pour-over-kaffe är gjort med de verktyg och behållare som du ser på bänken här. Baristan häller hett vatten långsamt över färskmalt kaffe och kaffet kommer ut i den här trattformade kärlet.

Nour: Aha, jag förstår! Tack för förklaringen.

Riley: Inga problem. Ta all tid du behöver och säg till när du är redo att beställa.

Nour: Jag tror jag är redo. Kan jag få en medium vaniljlatte?

Riley: Javisst. Vilken sorts mjölk vill du ha i den?

Nour: Mandelmjölk, tack.

Riley: Inga problem. Vill du ha något att äta?

Nour: Öhm, javisst. Jag tar en apelsinscone.

Riley: De är min favorit.

Nour: Ja? Den ser god ut!

Riley: Det är den! Okej, så med en medium vaniljlatte och apelsinsconen blir det femtioåtta kronor.

Nour: Super. Här är mitt kort.

Riley: Du kan bara sätta i det här.

Nour: Ah, okej.

Riley: Okej, då var det klart! Ha en bra dag!

Nour: Tack. Du med!

VISITING A COFFEE SHOP

Riley: Hi, welcome! What can I get for you?

Nour: Hi. Can I get a…. hmm… I want coffee but I'm not sure what kind today.

Riley: Well, are you in the mood for drip coffee? An espresso drink like a latte or cappuccino? Or something different like a pour over?

Nour: What's a pour over? I keep seeing that on coffee shop menus and I don't know what it is.

Riley: A pour over coffee is made with the tools and containers you see on the counter here. The barista slowly pours hot water over freshly ground coffee and the coffee comes out in this funnel-shaped container.

Nour: Ah, I see! Thanks for that explanation.

Riley: No problem. Take your time and let me know when you're ready to order.

Nour: I think I'm ready. Can I have a medium vanilla latte?

Riley: Sure. What kind of milk would you like in that?

Nour: Almond milk, please.

Riley: No problem. Would you like anything to eat?

Nour: Umm, sure. I'll have an orange scone.

Riley: Those are my favorite.

Nour: Yeah? It looks good!

Riley: It is! Okay, so with the medium vanilla latte and orange scone your total comes to $6.78.

Nour: Great. Here's my card.

Riley: Actually, you can just insert it here.

Nour: Oh, I see.

Riley: Okay, you're all set! Have a good day!

Nour: Thanks. You too!

79

JAG KAN INTE HITTA MINA NYCKLAR
-
I CAN'T FIND MY KEYS (B1)

Li Na: Danny, har du sett mina nycklar?
Danny: Ligger de inte på bordet vid dörren?
Li Na: Nej.
Danny: Har du kollat på köksbänken?
Li Na: Jag har letat överallt.
Danny: I sovrummet också? I badrummet?
Li Na: Ja, jag har kollat i sovrummet och i badrummet. Två gånger.
Danny: Var såg du dem senast?
Li Na: Jag kommer ihåg att jag hade dem när jag gick in i huset. Och det är sista gången jag kommer ihåg att jag såg dem.
Danny: Det här händer alltid dig!
Li Na: Jag vet. Jag behöver bli mer organiserad!
Danny: Du borde lägga dem på samma ställe varje gång. Då tappar du inte bort dem.
Li Na: Ja, du har rätt. Men just nu behöver jag bara hitta dem.
Danny: Okej, jag hjälper dig att leta efter dem. Jag kollar i vardagsrummet, och du kan kolla igen i sovrummet och badrummet. Tror du att du kan ha lämnat kvar dem i bilen?
Li Na: Nej, för jag var tvungen att låsa bilen och sen komma in i huset.
Danny: Sant.
Li Na: De ligger inte på sängen. De ligger inte under sängen. De ligger inte på golvet. De ligger inte på badrumsbänken eller i badrumslådorna.
Danny: Har du kollat i din handväska?
Li Na: Det är klart att jag har!
Danny: Du kanske borde kolla igen, ifall att.
Li Na: ...

Danny: Vad?
Li Na: Jag hittade dem.
Danny: Var?
Li Na: I min handväska.
Danny: Herregud...

I CAN'T FIND MY KEYS

Li Na: Danny, have you seen my keys?
Danny: They're not on the table by the door?
Li Na: No.
Danny: Have you checked the kitchen counter?
Li Na: I've looked everywhere.
Danny: Even the bedroom? What about the bathroom?
Li Na: Yes, I've looked in the bedroom and the bathroom. Twice.
Danny: Where was the last place you saw them?
Li Na: I remember walking in the house with them. And that's the last time I remember seeing them.
Danny: This always happens to you!
Li Na: I know. I need to get more organized!
Danny: You should put them back in the same place every time. That way you won't lose them.
Li Na: Yeah, you're right. But right now I just need to find them.
Danny: Okay, I'll help you search for them. I'll look in the living room, and you can look again in the bedroom and bathroom. Do you think you could have left them in your car?
Li Na: No, because I had to lock my car and then get into the house.
Danny: Good point.
Li Na: They're not on the bed. They're not under the bed. They're not on the ground. They're not on the bathroom counter or in the bathroom drawers.
Danny: Did you check your purse?
Li Na: Of course I did!
Danny: Maybe check again, just in case.
Li Na: .....
Danny: What?
Li Na: I found them.
Danny: Where?
Li Na: In my purse.
Danny: Oh my gosh...

80

DET REGNAR!

IT'S RAINING! (B1)

Akira: Jag tror det kommer regna idag.
Yasir: Tror du? Väderprognosen sa att det skulle bli soligt.
Akira: Prognosen jag såg sa att det var 30 procent chans för regn.
Yasir: Är du säker? Kollade du på rätt stad?
Akira: Öh, jag tror det! Jag kollade bara på väderappen på min telefon.
Yasir: Det var konstigt.
Akira: Du borde ta med ett paraply, ifall att.
Yasir: Nä.
Akira: Okej! Kom inte och säg att jag inte varnade dig!
Yasir: Haha. Okej!
(Åtta timmar senare...)
Akira: Hur var det på jobbet?
Yasir: Det var bra, men stressigt. Jag ska ta en springtur nu.
Akira: Du borde skynda dig! De där molnen ser olycksbådande ut.
Yasir: Det kommer inte regna, Akira!
Akira: Hmm, vi får se.
(Yasir kommer tillbaka tjugo minuter senare.)
Akira: Åh, jösses, du är ju dyngsur!
Yasir: Det började regna medan jag sprang!
Akira: Jag sa ju att det skulle regna!
Yasir: Ugh, okej, du hade rätt. Jag borde ha lyssnat på dig.
Akira: Ser du? Jag har alltid rätt.
Yasir: Inte alltid, men... ofta.
Akira: Haha, tack! Gå och byt om till torra kläder!

IT'S RAINING!

Akira: I think it's going to rain today.
Yasir: Really? The weather forecast said it would be sunny.
Akira: The forecast I saw said there was a 30 percent chance of rain.
Yasir: Are you sure? Were you looking at the right city?
Akira: Uh, I think so! I was just looking at the weather app on my phone.
Yasir: That's weird.
Akira: You should take an umbrella just in case.
Yasir: Nah.
Akira: All right! Don't say I didn't warn you!
Yasir: Ha ha. Okay!
(Eight hours later...)
Akira: How was work?
Yasir: It was good but busy. I'm going to go for a run now.
Akira: You should hurry! The clouds look ominous.
Yasir: It's not going to rain, Akira!
Akira: Hmm, we'll see.
(Yasir returns twenty minutes later.)
Akira: Oh my gosh, you're soaked!
Yasir: It started raining while I was running!
Akira: I told you it was going to rain!
Yasir: Ugh, fine, you were right. I should have listened to you.
Akira: See? I'm always right.
Yasir: Not always, but... a lot of the time.
Akira: Ha ha, thanks! Now go get into some dry clothes!

81

FÖRLÅT MIG
-
I'M SORRY (B1)

Matt: Jag vill be om ursäkt till Dana. Jag var oförskämd mot henne och jag känner mig hemsk.

Beth: Jag tror det är en bra idé.

Matt: Hur borde jag be om ursäkt?

Beth: Du borde ringa henne och be henne träffa dig. Säg att du vill prata om det som hände och be om förlåtelse.

Matt: Okej, jag ringde henne precis. Vi ska ses nästa vecka.

Beth: Det är bra. Jag är glad att hon gick med på att träffa dig.

Matt: Jag med. Så, vad borde jag säga när jag ser henne?

Beth: Du borde säga förlåt och varför du säger förlåt. Och se till att hon berättar hur hon känner också.

Matt: Ja. Jag hatar när jag säger något som jag sen ångrar. Jag önskar att jag bara kunde hålla tyst ibland.

Beth: Alla gör saker de ångrar. Det positiva är att du insåg att det du sa var fel och att du vill be om ursäkt för det. Inte alla skulle göra det.

Matt: Jag antar det. Dana och jag har varit vänner i så många år. Jag kommer ihåg när jag först träffade henne. Vi tog båda en kurs om dinosaurier på högskolan.

Beth: Dinosaurier?!

Matt: Ja, det var coolt! Vi satt bredvid varandra i klassrummet en dag och började prata. Och innan jag visste ordet av umgicks vi nästan varje dag!

Beth: Åh, det låter så fint. Jag är säker på att hon kommer förlåta dig. Jag skulle inte oroa mig för mycket om det.

Matt: Jag hoppas du har rätt. Hennes vänskap är jätteviktig för mig.

Beth: Jag tror att hon förstår det. Lycka till nästa vecka! Låt mig få veta hur det går.

Matt: Det ska jag.

I'M SORRY

Matt: I want to apologize to Dana. I was rude to her and I feel bad about it.

Beth: I think that's a good idea.

Matt: How should I apologize?

Beth: You should call her and ask her to meet you. Tell her you want to talk about what happened and apologize.

Matt: Okay, I just called her. We're going to meet next week.

Beth: That's good. I'm happy she agreed to meet with you.

Matt: Me too. So, what do I say when I see her?

Beth: You should tell her you're sorry and why you're sorry. And make sure she tells you how she feels too.

Matt: Yeah. I hate it when I say something that I regret. I wish I could just keep my mouth shut sometimes.

Beth: Everyone does things they regret. The good thing is that you realized what you said was wrong and you want to apologize for it. Not everyone would do that.

Matt: I guess. Dana and I have been friends for so many years. I remember when I first met her. We were both taking a class on dinosaurs in college.

Beth: Dinosaurs?!

Matt: Yeah, it was cool! We sat next to each other in class one day and we just started talking. And then before I knew it, we were hanging out almost every day!

Beth: Aww, that's so nice. I'm sure she'll forgive you. I wouldn't worry too much.

Matt: I hope you're right. Her friendship is really important to me.

Beth: I think she understands that. Good luck next week! Let me know how it goes.

Matt: Will do.

82

EN BABY SHOWER

-

A BABY SHOWER (B1)

Kyle: Vad gör du?

Jenna: Jag gör gåvor till gästerna inför Annies baby shower!

Kyle: Vad för gåvor?

Jenna: Det är strandväskor fyllda med saker som solskyddsmedel, solglasögon, flip-flops, och andra roliga saker för stranden. Varje gäst får en väska med sitt namn på.

Kyle: Det var en bra idé! Och de ser jättefina ut.

Jenna: Tack. Det är mycket jobb!

Kyle: Ja, men Annie kommer bli superglad.

Jenna: Jag hoppas det!

Kyle: Så, vad händer på en babyshower? Jag har aldrig varit på en.

Jenna: Jag tror det beror på tillfället, men oftast är det någon som är nära den blivande mamman, typ hennes syster eller bästa vän, som planerar en fest. Det finns mat och lekar och ibland öppnar den blivande mamman presenter.

Kyle: Vad för sorts lekar leker man?

Jenna: Det finns massa olika lekar. En populär lek går ut på att man inte får säga ordet "bebis" på festen. När gästerna kommer får de varsin säkerhetsnål som de fäster på sin tröja. Om en gäst hör en annan gäst säga "bebis" så får han eller hon ta regelbrytarens säkerhetsnål. Den med flest nålar vinner leken.

Kyle: Det låter ganska kul.

Jenna: Ja. Det finns andra lekar också, som smutsiga blöjor.

Kyle: Öh, va?

Jenna: Haha. Blöjorna är inte "smutsiga" *på riktigt*. Man lägger olika smälta chokladgodis i blöjor, och sen skickar alla runt dem och gissar vilken sorts chokladgodis det är.

Kyle: Wow. Det låter... intressant.

Jenna: Det är det. Men det är kul!

Kyle: Tja, jag hoppas att du har roligt på festen! Och jag är säker på att alla kommer älska strandväskorna.

Jenna: Tack!

A BABY SHOWER

Kyle: What are you doing?

Jenna: I'm making party favors for Annie's baby shower!

Kyle: What kind of party favors?

Jenna: These are beach bags filled with things like sunscreen, sunglasses, flip-flops, and other fun things for the beach. Each guest gets a bag with their name on it.

Kyle: That's a good idea! And they look great.

Jenna: Thanks. It's a lot of work!

Kyle: Yeah, but Annie will be really happy.

Jenna: I hope so!

Kyle: So, what happens at a baby shower? I've never been to one.

Jenna: I think it depends on the shower, but usually someone close to the mother-to-be, like her sister or best friend, plans a party. There's food and games and sometimes the mom-to-be opens gifts.

Kyle: What kind of games do you play?

Jenna: There are a lot of different games. In one popular game you can't say the word "baby" at the party. When guests arrive, everyone is given a diaper pin and they wear it on their shirt. If one guest hears another guest say "baby," he or she can take the rule breaker's pin. The person with the most pins wins the game.

Kyle: That's kind of funny.

Jenna: Yeah. There are other games too like dirty diapers.

Kyle: Umm, what?

Jenna: Ha ha. The diapers aren't *actually* "dirty." You put melted chocolate bars inside diapers and everyone passes the diapers around and guesses what kind of candy bar it is?

Kyle: Wow. That's... interesting.

Jenna: It is. But it's fun!

Kyle: Well, I hope you have fun at the party! And I'm sure everyone will love the beach bags.

Jenna: Thanks!

83

HOS SKRÄDDAREN
-
AT THE TAILOR (B1)

Justin: Hej. Jag skulle vilja få de här byxorna fållade. De är lite för långa. Och jag vill också få den här skjortan lite intagen i sidorna.

Skräddare: Absolut. Vill du prova byxorna och skjortan?

Justin: Ja, tack.

Skräddare: Okej, provrummet är precis där.

Justin: Tack.

(Tre minuter senare...)

Skräddare: Okej, kom och ställ dig framför spegeln. Så, om jag tar av dem ett par centimeter blir de såhär långa. Hur ser det ut?

Justin: Ja, det ser bra ut.

Skräddare: Bra. Låt oss ta en titt på skjortan.

Justin: Det känns som om den är lite för bred i sidorna. Kan vi ta in den?

Skräddare: Visst. Hur ser det här ut?

Justin: Hmm... Jag tror faktiskt att det är lite för trångt. Kan vi göra den lite lösare?

Skräddare: Ja. Hur känns det här?

Justin: Det blir perfekt.

Skräddare: Toppen! Varsågod och byt om. Var försiktig när du tar av dig byxorna och skjortan, det sitter nålar i dem!

Justin: Åh, tack för varningen! Jag vill inte bli stucken!

Skräddare: Nej, det vore inte bra!

(Fyra minuter senare...)

Justin: Betalar jag nu eller senare?

Skräddare: Det är upp till dig!

Justin: Okej, jag betalar när jag hämtar dem.

Skräddare: Låter bra.

Justin: När kommer de vara klara?

Skräddare: Jag tror de kommer ta mellan sju och tio dagar. Jag slår dig en signal när de är färdiga.

Justin: Super, tack.

Skräddare: Inga problem. Ha en trevlig dag!

Justin: Detsamma.

AT THE TAILOR

Justin: Hi. I'd like to get these pants hemmed. They're a little long. And I also want to make this shirt a little narrower on the sides.

Tailor: Great. Would you like to try on the pants and shirt?

Justin: Yes, please.

Tailor: All right, the fitting room is right there.

Justin: Thanks.

(Three minutes later...)

Tailor: Okay, come stand in front of the mirror. So, if I shorten them about an inch, they will be this long. How does that look?

Justin: Yeah, that looks good.

Tailor: Good. Let's take a look at the shirt.

Justin: I feel like it's a little wide on the sides. Can we take it in?

Tailor: Sure. How does this look?

Justin: Hmm... I actually think that's a little too tight. Can we make it a little looser?

Tailor: Yep. How's that?

Justin: That's perfect.

Tailor: Great! Go ahead and get changed. Be careful taking off your pants and shirt because there are pins in there!

Justin: Oh, thanks for the warning! I don't want to get jabbed!

Tailor: No, that wouldn't be good!

(Four minutes later...)

Justin: Do I pay now or later?

Tailor: It's up to you!

Justin: Okay, I'll pay when I pick them up.

Tailor: Sounds good.

Justin: When will they be ready?

Tailor: I think these will take between seven and ten days. I will give you a call when they're finished.

Justin: Great, thanks.

Tailor: No problem. Have a good day!

Justin: Same to you.

84

LETA EFTER EN PARKERINGSPLATS
-
LOOKING FOR A PARKING SPOT (B1)

Dany: Den här lagerklubben är alltid så full den här tiden på dagen. Varför är vi här igen?

Jon: Tja, vi har den där stora festen då alla våra vänner och familj kommer hit norrifrån för att vara med på. Med så många personer behöver vi handla saker i bulk så vi kan spara pengar. Plus att jag inte har tid någon annan dag.

Dany: Kan vi åtminstone stanna och äta varmkorv och pizza? Deras pizza är fantastisk.

Jon: Visst! Jag kanske borde släppa av dig så du kan beställa medan jag hittar en parkeringsplats?

Dany: Var inte löjlig. Vi letar efter en plats tillsammans. Jag tror att det här kommer ta mycket längre tid i alla fall.

Jon: Okej. Jag tror jag ser en plats i hörnet där borta!

Dany: Sväng in här! Det är oftast färre bilar i den här delen av parkeringen.

Jon: Bra idé! Åh, här är en plats – HALLÅ!

Dany: Snodde han precis vår parkeringsplats?! Den var ju uppenbart vår!

Jon: Det var inte särskilt snällt.

Dany: Äh, vi får fortsätta leta. Åh! Jag tror jag ser en! Åh, vänta... den här personen har bara lämnat billysena på. Det är ingen i den.

Jon: Vi har kört runt på den här parkeringen i femton minuter nu. Det känns som om jag gjort ett stort misstag.

Dany: Du ger upp för lätt... kolla där borta! Den där personen ska åka!

Jon: Yes! Den här parkeringsplatsen är vår!

Dany: Hurra! Dags för pizza!

LOOKING FOR A PARKING SPOT

Dany: This warehouse club is always so busy at this time of day. Why are we here again?

Jon: Well, we have that giant party where all our friends and family from up north are coming down. With that many people, we need to purchase things in bulk quantities so we can save money. Plus, I don't have time any other day.

Dany: Can we at least stop for hot dogs and some pizza? Their pizza is awesome.

Jon: Sure! Maybe I should drop you off so you can order while I go find parking?

Dany: Don't be silly. Let's just look for a spot together. I feel like this is going to take much too long anyway.

Jon: Okay. I think I see a space in the far corner!

Dany: Turn in here! There are usually fewer cars in this section of the parking lot.

Jon: Good idea! Oh, here's a spot—HEY!

Dany: Did he just steal our parking space?! It was clearly ours!

Jon: That wasn't very nice.

Dany: Ugh, let's just keep looking. Oh! I think I see one! Oh wait… this person just left the car's lights on. There's no one in it.

Jon: We've been circling this parking lot for fifteen minutes now. I feel like I've made a huge mistake.

Dany: You give up too easily… look over there! That person is leaving!

Jon: Yes! This parking space is ours!

Dany: Hooray! Time for pizza!

85

VAD SKA VI KOLLA PÅ?

WHAT SHOULD WE WATCH? (B1)

Will: Vill du gå ut ikväll?

Kala: Jag tänkte faktiskt att vi kunde stanna hemma, kolla på något på någon av våra streamingtjänster, och få mat hemkörd.

Will: Det låter jättebra. Jag kände inte riktigt för att gå ut i alla fall. Vad sägs om thaimat?

Kala: Det låter toppen! Men den viktigaste frågan är: vad ska vi kolla på?

Will: Bra fråga. Vill du se klart på den där serien med killen som blir jagad av någon hemlig regeringsagentur?

Kala: Nä, jag känner inte för att kolla på något spänningsfyllt.

Will: Okej, vad sägs om det där bakningsprogrammet från England?

Kala: Jag älskar det programmet men jag känner inte för att kolla på det ikväll.

Will: Okej... den där serien där kriminalarna försöker lösa gamla brott?

Kala: Hmm, okej! Det låter bra.

Will: Vilket var det sista avsnittet vi såg?

Kala: Jag kommer inte ihåg.

Will: Jag tror de var i en skog i North Carolina?

Kala: Ja! Du har rätt! Det var avsnitt fyra, tror jag?

Will: Wow, bra minne. Låt oss kolla på avsnitt fem!

WHAT SHOULD WE WATCH?

Will: Do you want to go out tonight?

Kala: Actually, I was thinking we could stay at home, watch something on one of our streaming services, and get food delivered.

Will: That sounds great. I don't really feel like going out anyway. How does Thai food sound?

Kala: That sounds delicious! But more importantly, what should we watch?

Will: Good question. Do you want to finish watching that series where that guy is being chased by some secret government agency?

Kala: Nah, I don't feel like watching something suspenseful.

Will: Okay, how about that baking show from England?

Kala: I love that show but I don't feel like watching it tonight.

Will: All right... how about that show where the detectives are trying to solve old crimes?

Kala: Hmm, okay! That sounds good.

Will: What was the last episode we watched?

Kala: I can't remember.

Will: I think they were in a forest in North Carolina?

Kala: Yes! You're right! That was episode four, I think?

Will: Wow, good memory. Let's watch episode five!

86

CHECKA IN PÅ HOTELLET

–

CHECKING IN AT THE HOTEL (B1)

Receptionist: Hej. Välkommen till Hotellet vid Havet. Hur kan jag hjälpa er?

Freddy: Hej, vi har en reservation under efternamnet Jones.

Receptionist: Absolut, låt mig kolla. Okej… ni har ett stort rum med en king size-säng för tre nätter.

Freddy: Ja.

Receptionist: Kan jag få se ditt ID och kreditkortet du använde vid bokningen?

Freddy: Ja, här är de.

Receptionist: Tack. Så, var har ni rest ifrån?

Freddy: Vi kommer från Bay-området.

Receptionist: Åh, vad trevligt! Jag älskar Bay-området.

Freddy: Det gör vi med! Men vi älskar San Diego också. Vi försöker komma hit en gång per år.

Receptionist: Jag älskar också San Diego! Det är därför jag bor här. Så, välkomna tillbaka!

Freddy: Tack! Förresten, finns det några lediga rum med utsikt?

Receptionist: Låt mig se. Åh, ni verkar ha tur! Vi hade en avbokning för fem minuter sen!

Freddy: Wow! Vad glad jag är att jag frågade.

Receptionist: Jag med! Låt mig ändra er information på datorn.

Freddy: Det går bra; jag kan vänta.

Receptionist: Då ska vi se… då var det klart. Här är era nycklar och det här är WiFi-informationen. Hissarna är runt hörnet där borta.

Freddy: Jättebra, tack!

Receptionist: Det var så lite. Ha en trevlig vistelse och säg till om ni undrar över något.

Freddy: Tack!

CHECKING IN AT THE HOTEL

Receptionist: Hello. Welcome to Hotel by the Sea. How can I help you?

Freddy: Hi, we have a reservation under the last name Jones.

Receptionist: Great, let me look that up. Okay… you have a large room with a king bed for three nights.

Freddy: Yes.

Receptionist: Can I see your ID and the credit card you used to make the booking?

Freddy: Yes, here they are.

Receptionist: Thank you. So where are you traveling from?

Freddy: We're from the Bay Area.

Receptionist: Oh, nice! I love the Bay Area.

Freddy: We do too! But we also love San Diego. We try to come here once a year.

Receptionist: I love San Diego too! That's why I live here. Well, welcome back!

Freddy: Thanks! Actually, are there any rooms with views available?

Receptionist: Let me check. Oh, it looks like you're in luck! We had a cancellation about five minutes ago!

Freddy: Wow! I'm glad I asked.

Receptionist: I am too! Let me change your information in the computer.

Freddy: That's fine; I can wait.

Receptionist: All right… you're good to go. Here are your keys and this is the Wi-Fi information. The elevators are around the corner there.

Freddy: Great, thank you!

Receptionist: My pleasure. Enjoy your stay and please let us know if you have any questions.

Freddy: Thank you!

87

DU BORDE PRATA MED LÄRAREN
-
YOU SHOULD TALK TO THE PROFESSOR (B1)

Debbie: Jag tror inte jag gör särskilt bra ifrån mig i den här kursen.

Phil: Inte? Varför? Är kursen svår?

Debbie: Ja, den är lite svår, men jag har jobbat så mycket och har inte kunnat plugga så mycket som jag skulle vilja. Jag har bara runt en timme varje kväll att göra läxor och plugga inför tentor. Jag behöver runt tre!

Phil: Åh, jag fattar. Vad jobbigt.

Debbie: Jag behöver få ett bra betyg i den här kursen också. Så jag är lite orolig.

Phil: Kan du jobba lite mindre?

Debbie: Inte just nu. Jag måste hjälpa min familj.

Phil: Jag förstår. Du kanske kan prata med läraren och se om han kan ge dig lite extra tid till att göra klart uppgifter?

Debbie: Jag har funderat på att göra det. Men lärare gillar inte när studenter ber om mer tid. När man tackar ja till en kurs så är det ett åtagande man tar på sig, och man måste ta det på allvar.

Phil: Jag vet. Men man vet aldrig. Läraren kanske är förstående.

Debbie: Ja... jag tror jag ska gå och prata med honom under hans kontorstid imorgon.

Phil: Berätta hur det gick efteråt.

Debbie: Det ska jag.

(Nästa dag.)

Debbie: Så, jag pratade med läraren.

Phil: Ja? Hur gick det?

Debbie: Han var jättesnäll. Han gav mig extra tid för hemuppgifterna den här veckan, och nästa vecka. Jag är så tacksam.

Phil: Det var snällt av honom. Där ser du. Jag sa att du borde prata med honom!

Debbie: Jag vet. Jag fick så dåligt samvete över att fråga, men jag är glad att jag gjorde det.

Phil: Tja, förhoppningsvis lugnar ditt schema ner sig om ett par veckor och du får tid att balansera allt.

Debbie: Jag hoppas det!

YOU SHOULD TALK TO THE PROFESSOR

Debbie: I don't think I'm doing very well in this class.

Phil: Really? Why? Is the class difficult?

Debbie: Yes, it's a little difficult, but I've been working a lot and I haven't been able to study as much as I would like. I only have about one hour a night to do homework and study for tests. I need about three hours!

Phil: Oh, I see. That's too bad.

Debbie: I need to get a good grade in this class, too. So, I'm a little worried.

Phil: Can you work a little less?

Debbie: Not right now. I need to help my family.

Phil: I understand. Maybe you can talk to the professor and see if he can give you a little extra time to finish assignments?

Debbie: I've been thinking about doing that. But professors don't like it when students ask for extensions. When you enroll in a class, that's a commitment you make and you have to take it seriously.

Phil: I know. But you never know. The professor may be understanding.

Debbie: Yeah... I think I'll go talk to him during his office hours tomorrow.

Phil: Let me know how it goes.

Debbie: I will.

(The next day.)

Debbie: So, I talked to the professor.

Phil: Yeah? How did it go?

Debbie: He was really nice. He's giving me an extension on the homework this week and next week. I'm so grateful.

Phil: That's so nice of him. See? I told you to talk to him!

Debbie: I know. I felt so bad for asking, but I'm glad I did.

Phil: Well, hopefully after a couple weeks your schedule will calm down and you'll have time to balance everything.

Debbie: I hope so!

88

PLANERA EN LUFFNING

-

PLANNING A BACKPACKING TRIP (B1)

Janet: Vi måste börja planera vår resa!
Carlos: Ja, det måste vi! Har du tid nu?
Janet: Ja. Vi sätter oss med laptopen och våra reseböcker.
Carlos: Okej, jag gör lite kaffe.
Janet: Toppen. Jag tycker vi borde börja med att bestämma en budget.
Carlos: Jag håller med.
Janet: Hur låter trettiotusen kronor?
Carlos: Trettiotusen var eller tillsammans?
Janet: Öh, definitivt tillsammans!
Carlos: Okej, bra. Jag blev orolig!
Janet: Om vi flyger till Barcelona kostar det ungefär åttatusenfemhundra kronor tur och retur för varje biljett.
Carlos: Hmm... då har vi trettontusen kronor kvar. Hur många dagar kan du ta ledigt från jobbet?
Janet: Tio dagar. Du kan ta ledigt i två veckor, eller hur?
Carlos: Ja.
Janet: Så med helger och flyg dit och tillbaka kan vi vara ungefär tolv nätter i Europa.
Carlos: Perfekt. Det betyder att vi har trettontusen kronor för tolv nätter. Vilka länder vill du åka till?
Janet: Tja, vi flyger till Barcelona, så vi kan spendera lite tid i Spanien. Förutom Spanien vill jag gärna åka till Italien och Frankrike.
Carlos: Och Portugal? Jag vill gärna åka dit och det ligger nära Spanien.
Janet: Tror du fyra länder på tolv nätter är för mycket?
Carlos: Tja, vi skulle bara få vara två eller tre nätter på varje ställe.

Janet: Jag tycker vi bara borde åka till tre länder. Då kan vi spendera lite mer tid i varje land.

Carlos: Okej. Kan vi vänta med Italien till en annan gång? Jag vill ändå spendera mer tid där.

Janet: Ja, jag vill verkligen till Italien, men jag tror det är en bra idé. Om jag ändå vore rik och inte behövde jobba!

Carlos: Eller hur? Okej, låt oss planera vår resplan...

PLANNING A BACKPACKING TRIP

Janet: We need to start planning our trip!
Carlos: Yes, we do! Do you have time now?
Janet: Yep. Let's sit down with the laptop and our travel books.
Carlos: Okay, I'll make some coffee.
Janet: Great. I think we should start by deciding on a budget.
Carlos: I agree.
Janet: How does $3,500 sound?
Carlos: $3,500 each or for both of us?
Janet: Umm, definitely for both of us!
Carlos: All right, good. I was worried!
Janet: If we fly to Barcelona, the flight will be around $1,000 roundtrip for each ticket.
Carlos: Hmm... so then we will have around $1,500 left. How many days can you take off work?
Janet: Ten days. You can take two weeks off, right?
Carlos: Yeah.
Janet: So, with weekends and the flights there and back we can spend about twelve nights in Europe.
Carlos: Awesome. That means we have $1,500 for twelve nights. What countries do you want to go to?
Janet: Well, we're flying into Barcelona, so we can spend some time in Spain. Aside from Spain, I really want to go to Italy and France.
Carlos: What about Portugal? I really want to go there and it's close to Spain.
Janet: Do you think four countries in twelve nights is too much?
Carlos: Well, we would only be able to spend about two or three nights in each place.
Janet: I think we should just do three countries. Then we could spend a little more time in each country.
Carlos: Okay. What about if we saved Italy for another time? I really want to spend more time there anyway.
Janet: Yeah, I'm dying to go to Italy but I think that's a good idea. If only I were rich and didn't have to work!
Carlos: I know, right? Well, for now let's figure out our itinerary...

89

KÖPA SOUVENIRER
-
BUYING SOUVENIRS (B1)

Danielle: Kom ihåg att vi fortfarande behöver köpa souvenirer till våra vänner och familj.

Kenji: Ja, jag har inte glömt bort det. Kan vi bara gå till en eller två affärer? Jag vill inte lägga för mycket tid på att shoppa. Vi har bara två dagar kvar på vår semester.

Danielle: Ja, vi försöker köpa allt på två timmar.

Kenji: Okej! Vart ska vi gå?

Danielle: Låt oss gå till den centrala marknaden. De har mat och lokala produkter. Och man kan pruta där.

Kenji: Kan du pruta? Jag är inte bra på det!

Danielle: Du är för snäll. Du måste vara mer bestämd. Och du måste gå därifrån om de inte ger dig priset du vill ha.

Kenji: Jag ska försöka!

Danielle: Vad ska vi köpa till Sarah?

Kenji: Kaffe kanske? Eller choklad. Eller båda.

Danielle: Det var en bra idé. Hon älskar kaffe.

Kenji: Och till Akihiro?

Danielle: Hmm... det är så svårt att köpa presenter till honom. Han har redan allt!

Kenji: Jag vet. Han gillar mat. Vi skulle kunna köpa några lokala snacks till honom.

Danielle: Sant. Okej, snacks blir det.

Kenji: Och din mamma?

Danielle: Jag tror hon skulle älska någon typ av konst till sitt hus. Kanske en målning eller teckning?

Kenji: Bra idé. Men kommer det bli svårt att transportera hem?

Danielle: Ja. Vi behöver hitta något som inte kommer bli förstört i våra resväskor.

Kenji: Precis. Okej, då går vi!

BUYING SOUVENIRS

Danielle: Remember, we still need to buy some souvenirs for our friends and family.

Kenji: Yep, I haven't forgotten. Can we go to just one or two stores? I don't want to spend too long shopping. We only have two more days left of our vacation.

Danielle: Yeah, let's try to buy everything in two hours.

Kenji: Okay! Where should we go?

Danielle: Let's go to the central market. They have food and local products. And you can bargain there.

Kenji: Can you do the bargaining, though? I'm not good at it!

Danielle: You're too nice! You have to be firmer. And you have to walk away if they don't give you the price you want.

Kenji: I'll try!

Danielle: What should we get Sarah?

Kenji: Maybe some coffee? Or chocolates. Or both.

Danielle: That's a good idea. She loves coffee.

Kenji: What about Akihiro?

Danielle: Hmm... it's so difficult to get presents for him. He already has everything!

Kenji: I know. He likes food. We could get him some local snacks.

Danielle: True. Okay, snacks it is.

Kenji: And how about your mom?

Danielle: I think she would love some kind of art for her house. Maybe a painting or drawing?

Kenji: Good call. But will it be hard to transport it home?

Danielle: Yeah. We need to find something that won't get ruined in our suitcases.

Kenji: Right. Okay, off we go!

90

BYTA KARRIÄR
-
CAREER CHANGE (B1)

Zara: Jag tror jag ska säga upp mig.

T.J.: Va?! Varför? Jag trodde du älskade ditt jobb!

Zara: Jag brukade älska det, men jag har blivit rätt trött på det.

T.J.: Vad menar du?

Zara: Det känns som om jag gör samma sak varje dag. Jag vill ha något som är lite mer utmanande.

T.J.: Jag förstår det. Det låter rimligt. Tänker du leta efter ett jobb inom samma område, eller något helt annat?

Zara: Jag vet inte. Jag gillar bokföring, men jag funderar faktiskt på att börja med inredning.

T.J.: På riktigt?! Wow, det skulle bli en stor förändring. Jag tror du skulle vara jättebra på inredning, dock.

Zara: Tack! Som du vet har jag alltid varit intresserad av det, som en hobby. Men jag har funderat på att försöka gå vidare med det som en karriär.

T.J.: Det här är så spännande nyheter! Har du några idéer om vilken typ av inredning?

Zara: Jag är inte säker ännu. Jag skulle dock älska att hjälpa till att inreda restauranger.

T.J.: Åh, det vore kul. Tror du att du skulle tröttna på inredning, som du har gjort med bokföring?

Zara: Jag tror inte det. Det kräver kreativitet, och man designar olika saker hela tiden.

T.J.: Ja, det låter logiskt. Ja, lycka till på den här nya resan!

Zara: Tack! Jag ska hålla dig uppdaterad.

CAREER CHANGE

Zara: I think I'm going to quit my job.

T.J.: Really?! Why? I thought you loved your job!

Zara: I used to love it, but I've gotten kind of bored.

T.J.: What do you mean?

Zara: I feel like I do the same thing every day. I want something a little more challenging.

T.J.: I see. That makes sense. Are you going to look for a job in the same field or in a totally different field?

Zara: I don't know. I like accounting but I'm actually thinking of getting into interior design.

T.J.: Really?! Wow, that would be a big change. I think you'd be so good at interior design, though.

Zara: Thanks! As you know, I've always been interested in it as a hobby. But I've been thinking about pursuing it as a career.

T.J.: This is such interesting news! Any ideas about what kind of interior design?

Zara: I'm not sure yet. I'd love to help design restaurants though.

T.J.: Oh, that would be fun. Do you think you'd get bored with interior design like you have with accounting?

Zara: I don't think so. It requires creativity, and you're always designing something different.

T.J.: Yeah, that makes sense. Well, good luck on this new journey!

Zara: Thanks! I'll keep you updated.

91

PLANERA EN PENSIONSFEST
-
PLANNING A RETIREMENT PARTY (B1)

Trish: Hej, Garrett. Vi borde börja planera Bills pensionsfest. Hans sista dag är om en månad idag.

Garrett: Ja, låt oss prata om det! Har du några minuter nu?

Trish: Ja. Låt mig gå och hämta penna och papper så jag kan ta anteckningar.

Garrett: Okej.

Trish: Så, vad tycker du? Ska vi ha festen på kontoret eller någon annanstans, som på en restaurang?

Garrett: Jag tror kontoret är för litet. Och han har varit här i tjugofem år. Det känns som att det kräver ett utanför-kontoret-firande.

Trish: Jag håller med. Jag tror det skulle vara roligare för alla. Och på det sättet kan Bills familj också komma om de vill.

Garrett: Japp.

Trish: Jag har hört bra saker om den där nya restaurangen Hearth. Har du hört talas om den?

Garrett: Ja, det har jag! Jag har tänkt prova den.

Trish: Jag med. De har ett rum längre in i byggnaden som man kan boka för evenemang. Låt oss kolla på nätet vad det skulle kosta.

Garrett: Okej.

Trish: Åh, det priset är inte så illa. Tvåtusensexhundra kronor för ett evenemang på tre timmar.

Garrett: Det låter bra för en så fin restaurang.

Trish: Ja. Hmm... vilken dag ska vi ha festen?

Garrett: Vad sägs om fredagen den femte augusti?

Trish: Jag tror det blir perfekt.

Garrett: Toppen! Bjuder restaurangen på mat?

Trish: Jag tror de bjuder på drinkar och förrätter.

Garrett: Okej, jag skriver ner några frågor till restaurangen. Kan du fråga alla om de kan komma den dagen?

Trish: Visst!

PLANNING A RETIREMENT PARTY

Trish: Hey, Garrett. We should start planning Bill's retirement party. His last day is a month from today.

Garrett: Yes, let's talk about it! Do you have a few minutes now?

Trish: Yeah. Let me go get a pen and paper so I can take some notes.

Garrett: Okay.

Trish: So, what do you think? Should we have the party at the office or somewhere else, like a restaurant?

Garrett: I think the office is too small. And he's been here twenty-five years. I feel like that calls for an out-of-the-office celebration.

Trish: I agree. I think that would be more enjoyable for everyone. And that way Bill's family can come if they want.

Garrett: Yep.

Trish: I've heard great things around that new restaurant Hearth. Have you heard of it?

Garrett: Yeah, I have! I've been meaning to try it.

Trish: Me too. They have a room in the back that you can reserve for events. Let's look online and see how much it is.

Garrett: Okay.

Trish: Oh, the price isn't that bad. It's $300 for a three-hour event.

Garrett: That sounds good for such a nice restaurant.

Trish: Yeah. Hmm... what day should we have the party?

Garrett: What about Friday, August 5?

Trish: I think that's perfect.

Garrett: Great! Does the restaurant provide food?

Trish: They probably provide some drinks and appetizers.

Garrett: All right, I'll write down some questions to ask the restaurant. Do you want to ask everyone if they can make it that day?

Trish: Sure!

92

MIN VÄSKA HAR INTE KOMMIT
-
MY SUITCASE DIDN'T SHOW UP (B1)

Rina: Hej. Jag har väntat i trettio minuter och min väska har fortfarande inte kommit ut.

Quentin: Vad var ditt flygnummer?

Rina: LK145.

Quentin: Okej, låt mig kolla upp det. Hmm... ja, alla väskorna borde ha kommit ut. Har du kollat väskorna framför det här kontoret?

Rina: Ja.

Quentin: Okej, jag ber om ursäkt för besväret. Var snäll och fyll i det här förlorat bagage-formuläret. Din väska var antingen placerat på ett senare flyg, eller så kom det aldrig med på flyget från Denver.

Rina: Ugh. Jag förstår. Hur många dagar tror du det kommer ta innan den kommer hit?

Quentin: Den skulle kunna anlända redan ikväll, men det är möjligt att den skulle kunna komma hit imorgon. Jag tror att den borde vara här i slutet av dagen imorgon.

Rina: Jag har några viktiga dokument till jobbet i den väskan. Jag är inte alls glad över det här.

Quentin: Igen, jag ber om ursäkt för besväret, frun. Vi ska göra allt vi kan för att få tillbaka din väska till dig så fort som möjligt.

Rina: Tack. Måste jag komma tillbaka till flygplatsen för att hämta den?

Quentin: Vi kan leverera den till din adress om någon kommer vara hemma.

Rina: Jag kommer vara hemma ikväll och min man kommer vara hemma imorgon.

Quentin: Perfekt. Om ingen är hemma tar vi med den tillbaka till flygplatsen, och så kan du hämta den här. Eller så kan vi försöka leverera den igen nästa dag.

Rina: Någon borde vara hemma.

Quentin: Låter bra. Igen, jag ber om ursäkt för att din väska blivit försenad. Ha en bra dag.

Rina: Tack. Detsamma.

MY SUITCASE DIDN'T SHOW UP

Rina: Hi. I've been waiting for thirty minutes and my suitcase still hasn't come out.

Quentin: What was your flight number?

Rina: LK145.

Quentin: Okay, let me look that up. Hmm... yes, all of the bags should be out. Have you checked the luggage in front of this office?

Rina: Yes.

Quentin: Okay, I apologize for the inconvenience. Please fill out this missing bag report. Your bag was either put on a later flight, or it never made it on the flight from Denver.

Rina: Ugh, I see. How many days do you think it'll take to get here?

Quentin: It may get here as early as this evening, but it's possible it could get here tomorrow. I think it should arrive by the end of the day tomorrow.

Rina: I have some important documents for work in that bag. I'm not very happy about this.

Quentin: Again, I'm sorry for the inconvenience, ma'am. We'll do everything we can to get your bag back to you as soon as possible.

Rina: Thanks. Do I have to come back to the airport to pick it up?

Quentin: We can deliver it to your address if someone will be home.

Rina: I'll be home tonight and my husband will be home tomorrow.

Quentin: Perfect. If no one is home, we'll bring it back to the airport and you can pick it up here. Or we can try to deliver it again the next day.

Rina: Someone should be home.

Quentin: Sounds good. Again, I apologize that your bag has been delayed. Have a good day.

Rina: Thanks. Same to you.

93

DRICKS-TRADITIONER

-

TIPPING CUSTOMS (B1)

Jakob: Jag kan fortfarande inte vänja mig vid att lämna dricks här. Vi gör sällan det i Danmark.

Ella: Jaha?

Jakob: Ja. I Danmark är serviceavgifter inräknade i notan. Du kan ge dricks, men du måste inte.

Ella: Åh, jag förstår. Jag önskar att dricks var inkluderat i notan här, som moms. Jag är inte bra på matte och det tar mig evigheter att räkna ut dricksen!

Jakob: Haha, verkligen? Du kan bara använda miniräknaren på din mobil.

Ella: Jag vet. Ibland är det lätt, men det är svårare när du delar upp notan på tre-fyra personer.

Jakob: Sant.

Ella: Är det vanligt med dricks i Europa?

Jakob: Det beror på var du är och vilken typ av service du får. Det är oftast valfritt. Om du inte är säker på hur mycket du borde lämna så ge runt tio procent. Men om servicen är dålig behöver du inte lämna något alls.

Ella: Det låter mycket enklare.

Jakob: Ja, och på Island och i Schweiz behöver man inte ge dricks alls.

Ella: Det är bra att veta.

Jakob: Och i Tyskland bör man säga till kyparen hur mycket han ska ta betalt när du betalar notan. Så, om din nota är på tjugo euro och du vill ge två euro i dricks så ger du honom, till exempel, tjugofem euro, och säger "tjugotvå euro" till honom. Då ger han dig tre euro tillbaka.

Ella: Jag förstår. Wow, du vet mycket om dricks!

Jakob: Haha. Tja, jag har rest ganska mycket.

Ella: Lyckost!

TIPPING CUSTOMS

Jakob: I still can't get used to tipping here. We rarely tip in Denmark.

Ella: Really?

Jakob: Yeah. In Denmark service charges are included in the bill. You can tip, but you don't have to.

Ella: Oh, I see. I wish tipping was included in the bill here, like sales tax. I'm not good at math and it takes me forever to calculate the tip!

Jakob: Ha ha, really? You can just use the calculator on your phone.

Ella: I know. Sometimes it's easy, but it's harder when you're splitting the bill with three or four people.

Jakob: True.

Ella: Is tipping common in Europe?

Jakob: It depends on where you are and what kind of service you're getting. It's mostly optional. If you're not sure how much to tip, you should tip around 10 percent. But if the service is bad, you don't have to tip anything.

Ella: That sounds much easier.

Jakob: Yeah, and in Iceland and Switzerland you don't need to tip at all.

Ella: That's good to know.

Jakob: And in Germany you should tell the server how much to charge you when you're paying the bill. So, if your bill is twenty euros and you want to tip two euros, you hand him, say, twenty-five euros, and you tell him "twenty-two euros." Then, he will give you three euros back.

Ella: I see. Wow, you know a lot about tipping!

Jakob: Ha ha. Well, I've kind of traveled a lot.

Ella: Lucky guy!

94

BESÖK PÅ KONSTMUSEET
-
TRIP TO THE ART MUSEUM (B1)

Lisa: Vi är här! Jag är så spänd på att se den här utställningen. Jag har alltid gillat japanska målningar från 1700-talet.

Mark: Hur upptäckte du japansk konst?

Lisa: Jag tog en kurs i konsthistoria på högskolan och jag har dragits till japansk konst ända sen dess, speciellt från 1700-talet. Det finns en stil som heter ukiyo-e som är jättecool.

Mark: Intressant. Ja, du kanske kan lära mig om det!

Lisa: Det gör jag gärna!

Mark: Här är ingången till utställningen.

Lisa: Tjoho!

Mark: Åh, kolla på den här målningen. Färgerna är fantastiska.

Lisa: Ja, jag älskar de starka färgerna i ukiyo-e-målningar.

Mark: Varför ser alla målningarna så lika ut?

Lisa: Det var stilen på den tiden.

Mark: Och det är så många målningar av geishor.

Lisa: Ja, det var ett populärt motiv.

Mark: Landskapsmålningarna är också riktigt coola.

Lisa: Visst är de? Jag älskar landskapen från den perioden. Så, vilken sorts konst gillar du?

Mark: Öhm, jag vet inte. Jag har aldrig riktigt tänkt på det. Jag gillar fotokonst.

Lisa: Gör du? Vad för typ av foton?

Mark: Svart-vita foton, porträtt...

Lisa: Intressant. Fotograferar du?

Mark: Ibland! Jag är inte särskilt duktig. Jag skulle vilja gå en kurs, faktiskt, och så småningom vill jag investera i en bra kamera.

Lisa: Det skulle vara toppen! Det borde du göra.

Mark: Jag funderar på det.

Lisa: Ska vi gå och kolla på utställningen på andra våningen nu?

Mark: Visst!

TRIP TO THE ART MUSEUM

Lisa: We're here! I'm excited to see this exhibit. I've always liked eighteenth-century Japanese paintings.

Mark: How did you discover Japanese art?

Lisa: I took an art history class in college and I've been drawn to Japanese art ever since, especially from the eighteenth century. There's a style called Ukiyo-e that's very cool.

Mark: Interesting. Well, maybe you can teach me about it!

Lisa: I'd love to!

Mark: Here is the entrance to the exhibit.

Lisa: Yay!

Mark: Oh, look at this painting here. The colors are awesome.

Lisa: Yeah, I love the bright colors of Ukiyo-e paintings.

Mark: Why do all the paintings look so similar?

Lisa: That was the style back then.

Mark: And there are so many paintings of geishas.

Lisa: Yeah, that was a popular subject.

Mark: The landscape paintings are really cool, too.

Lisa: Aren't they? I love the landscapes from that period. So, what kind of art do you like?

Mark: Umm, I don't know. I've never really thought about it. I like photography.

Lisa: Really? What kind of photography?

Mark: Black and white photos, portraits...

Lisa: Interesting. Do you take pictures?

Mark: Sometimes! I'm not very good. I'd like to take a class, actually, and eventually I want to invest in a nice camera.

Lisa: That would be great! You should.

Mark: I'm thinking about it.

Lisa: Should we go see the exhibit on the second floor now?

Mark: Sure!

95

STRÖMAVBROTT

-

POWER OUTAGE (B1)

Elizabeth: Jag tror strömmen gick precis.
Jung-woo: Gjorde den? Jag trodde du bara släckte lamporna.
Elizabeth: Nej. Prova att tända badrumslampan.
Jung-woo: Det funkar inte.
Elizabeth: Funkar det i sovrummet?
Jung-woo: Nä. Det funkar inte heller.
Elizabeth: Hmm, okej.
Jung-woo: Åh, jag fick precis ett sms från elbolaget. Det säger att strömmen kommer vara borta i en timme.
Elizabeth: Suck, okej. Det är inte så illa. Dags att tända ljusen!
Jung-woo: Det är bra att vi har så många ljus. Vi kan ha en romantisk middag!
Elizabeth: Haha. Ja, det kan vi! Åh, John sms:ade mig precis. Han säger att strömmen är borta i hans hus, också.
Jung-woo: Åh, är den?
Elizabeth: Ja. Det förvånar mig. Han bor fem kilometer bort!
Jung-woo: Jag undrar vad som har hänt.
Elizabeth: Jag vet inte. Men maten är klar! Vi ställer några fler ljus på bordet så vi kan se vad vi äter.
Jung-woo: Bra idé! Vi behöver inga fler överaskningar ikväll.
Elizabeth: Åh, jag fick precis ett sms från elbolaget. De säger att strömavbrottet orsakades av ballonger som vidrörde kraftledningarna.
Jung-woo: Åh, verkligen?
Elizabeth: De säger också att elen kommer vara borta i minst två timmar.
Jung-woo: Wow. Jag antar att vi får ha en romantisk dessert också!
Elizabeth: Ja, jag antar det!

POWER OUTAGE

Elizabeth: I think the power just went out.

Jung-woo: Really? I thought you just turned out the lights.

Elizabeth: No. Try turning on the bathroom light.

Jung-woo: It isn't working.

Elizabeth: What about the bedroom light?

Jung-woo: Nope. That's not working either.

Elizabeth: Hmm, okay.

Jung-woo: Oh, I just got a text from the electric company. It says that the power will be out for an hour.

Elizabeth: Ugh, all right. That's not too bad. It's time to light the candles!

Jung-woo: It's good that we have a lot of candles. We can have a romantic dinner!

Elizabeth: Ha ha. Yes we can! Oh, John just texted me. He said the power is out at his house, too.

Jung-woo: Oh, really?

Elizabeth: Yeah. I'm surprised. He lives three miles away!

Jung-woo: I wonder what happened.

Elizabeth: I don't know. But dinner is ready! Let's put a couple more candles on the table so we can see what we're eating.

Jung-woo: Good idea! We don't need any more surprises tonight.

Elizabeth: Oh, I just got a text from the electric company. It says the power outage was caused by balloons touching the power lines.

Jung-woo: Oh really?

Elizabeth: It also says the power will be out for at least two hours.

Jung-woo: Wow. I guess we will have a romantic dessert too!

Elizabeth: Yep, I guess so!

96

HUR OFTA ANVÄNDER DU SOCIALA MEDIER?

-

HOW OFTEN DO YOU USE SOCIAL MEDIA? (B1)

Martina: Hej, Julian.
Julian: Hej, Martina!
Martina: Vad gör du?
Julian: Jag skrollar bara genom mina sociala medier.
Martina: Hur ofta använder du sociala medier?
Julian: Åh, jag vet inte. Två-tre timmar per dag, kanske? Du då?
Martina: Ungefär lika mycket, antagligen.
Julian: Det är ett sådant slöseri med tid!
Martina: Tycker du? Ibland tycker jag att det är ett slöseri med tid, men ibland tror jag att det är riktigt värdefullt för människor.
Julian: Vad menar du?
Martina: Tja, jag tycker att sociala medier är ett behändigt sätt att hålla kontakten med vänner och familj, det ger oss möjlighet att hålla koll på nyheterna, och det ger oss en chans att lära oss om andra länder och kulturer.
Julian: Ja, jag håller med om att det hjälper oss att hålla kontakten med folk och se till att vi är insatta i aktuella händelser. Men hur bidrar det till att lära oss om andra kulturer?
Martina: Jag följer många resefotografer och skribenter från andra länder, så att jag kan lära mig om olika platser från deras foton och texter.
Julian: Åh, jag förstår. Ja, det är bra. Jag tror sociala medier har många fördelar, men jag tror också att det kan vara skadligt. Många människor lägger upp bilder som får deras liv att se fantastiska ut, men ingen har ett perfekt liv. Och att se sådana foton kan få vissa att må dåligt över sina egna liv.
Martina: Det håller jag verkligen med om. Sociala medier kan definitivt göra folk osäkra och avundsjuka. Som med de flesta saker, är sociala medier bra i lagom mängd!

HOW OFTEN DO YOU USE SOCIAL MEDIA?

Martina: Hey, Julian.

Julian: Hey, Martina!

Martina: What are you doing?

Julian: Just scrolling through my social media feeds.

Martina: How often do you use social media?

Julian: Oh, I don't know. Maybe two or three hours a day? What about you?

Martina: Probably about the same.

Julian: It's such a waste of time!

Martina: You think? Sometimes I think it's a waste of time, but other times I think it's really valuable to people.

Julian: What do you mean?

Martina: Well, I think social media is a convenient way to keep in touch with friends and family, it gives us a way to follow the news, and it enables us to learn about other countries and cultures.

Julian: Yeah, I agree that it helps us stay connected with people and make sure we're up-to-date on current events. But how does it help us learn about other cultures?

Martina: I follow a lot of travel photographers and writers from other countries, so I can learn about different places from their photos and captions.

Julian: Oh, I see. Yeah, that's a good thing. I think social media has a lot of benefits, but I think it can also be harmful. Many people post photos that make their lives look amazing, but no one has a perfect life. And seeing those photos can make some people feel bad about their own lives.

Martina: I totally agree with that. Social media can definitely make people insecure and jealous. Like most things, social media is good in moderation!

97

FÖRBEREDA SIG INFÖR EN JOBBINTERVJU
-
PREPARING FOR A JOB INTERVIEW (B1)

Allie: Jag har en jobbintervju nästa vecka och jag är så nervös!

Nathan: Åh, har du? Vad är intervjun för?

Allie: Det är för en chefsposition i en klädaffär.

Nathan: Åh wow, chef! Vad kul för dig. Du har jobbat inom detaljhandel så länge; det ar definitivt dags att ta nästa steg!

Allie: Ja, jag tycker det. Jag är redo för en ny utmaning. Och högre lön.

Nathan: Haha, det skulle också vara kul! Så hur hörde du talas om det här jobbet?

Allie: På nätet. Jag har letat jobb i ett par veckor. Jag hittade den här jobbannonsen förra veckan och skickade dem mitt CV och personliga brev. De svarade två dagar senare.

Nathan: Det är rätt snabbt! Du *har* ett imponerande CV.

Allie: Åh, tack! Jag har jobbat hårt!

Nathan: Så, vad tror du att de kommer fråga dig?

Allie: Antagligen om min erfarenhet av att jobba inom kundservice, problem jag har haft på jobbet och hur jag har löst dem. De kan komma att ge mig ett par olika scenarier och sen be mig berätta vad jag skulle göra. Jag har övat på alla de svaren.

Nathan: Det är bra. Jag tror du kommer göra jättebra ifrån dig.

Allie: Jag vet inte. Jag blir jättenervös under intervjuer.

Nathan: Det är normalt. Du behöver bara tro på dig själv! Föreställ dig att du redan har jobbet.

Allie: Hehe, okej. Jag ska göra det!

Nathan: Hör av dig om hur intervjun gick!

Allie: Det ska jag göra!

PREPARING FOR A JOB INTERVIEW

Allie: I have a job interview next week and I'm so nervous!

Nathan: Oh really? What's the interview for?

Allie: It's for a manager position at a clothing store.

Nathan: Oh wow, manager! Good for you. You've been working in retail for so long; it's definitely time for the next step!

Allie: Yeah, I think so. I'm ready for a new challenge. And a higher salary.

Nathan: Ha ha, that would be nice too! So how did you find out about this job?

Allie: Online. I've only been looking at jobs for a couple weeks. I found this job posting last week and sent them my resume and cover letter. They got back to me two days later.

Nathan: That's pretty quick! You do have an impressive resume.

Allie: Aww, thanks. I've worked hard!

Nathan: So, what do you think they're going to ask you?

Allie: Probably about my experience working in customer service, difficulties I've encountered on the job and how I've overcome them. They may give me a couple scenarios and then have me tell them what I would do. I've been practicing all of those answers.

Nathan: That's good. I think you'll do great.

Allie: I don't know. I get really nervous in interviews.

Nathan: That's normal. You just have to believe in yourself! Imagine that you already have the job.

Allie: He-he, okay. I'll do that!

Nathan: Let me know how the interview goes!

Allie: I will!

98

TRIPP TILL KEMTVÄTTEN
-
TRIP TO THE DRY CLEANERS (B1)

Alice: Godmorgon. Hur står det till?

Shuo wen: Bra, tack. Själv?

Alice: Det är bra. Tack för att du frågar.

Shuo wen: Jag skulle vilja lämna in de här.

Alice: Okej. Kan du säga ditt telefonnummer, så jag kan leta upp ditt konto i vårt system?

Shuo wen: Det här är första gången jag är här.

Alice: Jag förstår. Kan jag få ditt telefonnummer och ditt för- och efternamn?

Shuo wen: Ja. Mitt förnamn är Shuo wen och mitt efternamn är Chen.

Alice: Hur stavar du ditt förnamn?

Shuo wen: "S" som i "Sverige", "h" som i "hotell", "u" som i "Uppsala," "o" som i "ordbok", och sen "w" som i "whisky", "e" som i "ekorre" och "n" som i "november".

Alice: Tack.

Shuo wen: Det är en vinfläck här. Tror du att ni kan få bort den?

Alice: Vi ska göra vårt bästa, som alltid. Tack för att du påpekade det.

Shuo wen: Använder ni starka kemikalier på den här kemtvätten?

Alice: Nej, vi är stolta över att vara miljövänliga här.

Shuo wen: Är det därför ni är lite dyrare än andra ställen?

Alice: Ja, precis. Vi vill skydda miljön och våra kunders hälsa.

Shuo wen: Jag förstår. Det är bra.

Alice: Här är ditt kvitto. De här kommer vara klara på fredag efter klockan ett.

Shuo wen: Toppen, tack!

Alice: Tack! Ha en trevlig dag.

TRIP TO THE DRY CLEANERS

Alice: Good morning. How are you?

Shuo wen: I'm good, thanks. How are you?

Alice: I'm good. Thanks for asking.

Shuo wen: I would like to drop these off.

Alice: Okay. Could you tell me your phone number so I can look up your account in our system?

Shuo wen: This is my first time here.

Alice: I see. Can I have your phone number and your first and last name?

Shuo wen: Yes. My first name is Shuo wen and my last name is Chen.

Alice: How do you spell your first name?

Shuo wen: "S" as in "snake," "h" as in "happy," "u" as in "under," "o" as in "octopus," and then "w" as in "water," "e" as in elephant, and "n" as in "Nebraska."

Alice: Thank you.

Shuo wen: There is a wine stain here. Do you think you can get that out?

Alice: We'll try our best, as always. Thank you for pointing that out.

Shuo wen: And do you guys use harsh chemicals at this dry cleaner?

Alice: No, we pride ourselves on being environmentally friendly here.

Shuo wen: Is that why you're a little more expensive than other places?

Alice: Yes, exactly. We want to protect the environment and our customers' health.

Shuo wen: I see. That's good.

Alice: Here is your receipt. These will be ready on Friday after 1 p.m.

Shuo wen: Great, thank you!

Alice: Thanks! Have a nice day.

99

FAVORITVÄDER

-

FAVORITE KIND OF WEATHER (B1)

Amanda: Det är så kallt!
Robert: Jag älskar det.
Amanda: Va? Vad talar du om? Det är ju svinkallt!
Robert: Det tycker inte jag. Det här är mitt favoritväder.
Amanda: Du är konstig.
Robert: Du då? Du gillar bara stekhett väder.
Amanda: Haha, jag gillar varmt väder men inte *stekhett* väder.
Robert: Du är så glad på sommaren, men för mig är det olidligt.
Amanda: Du borde flytta till Sibirien.
Robert: Jag skulle älska att bo där! Förutom att jag antagligen skulle bli uttråkad. Och jag inte talar ryska.
Amanda: Ja, det skulle kunna bli ett problem.
Robert: Du borde flytta till Death Valley.
Amanda: Var ligger det?
Robert: I Kalifornien.
Amanda: Det låter inte som ett trevligt ställe att bo i.
Robert: Nej, det gör det inte. Men det är varmt där, så du skulle gilla det.
Amanda: Det låter ändå inte särskilt inbjudande.
Robert: Torr hetta är okej, men jag står inte ut i hög luftfuktighet.
Amanda: Ja, jag kan hantera en del luftfuktighet, men inte mycket.
Robert: Kommer du ihåg när vi åkte till Florida förra året? Luftfuktigheten var så hög.
Amanda: Jösses. Jag har aldrig varit med om något liknande!
Robert: Eller hur! Du kunde inte ens vara utomhus mer än några minuter.
Amanda: Precis.

Robert: Tja, jag är glad att det ännu bara är december. Vi får några månader till av kallt väder.

Amanda: Usch, jag kan inte vänta tills våren kommer!

FAVORITE KIND OF WEATHER

Amanda: It's so cold!

Robert: I love it.

Amanda: Really? What are you talking about? It's freezing!

Robert: Not for me. This is my favorite kind of weather.

Amanda: You're weird.

Robert: What about you? You only like scorching weather.

Amanda: Ha ha, I like warm weather but not *scorching* weather.

Robert: You're so happy in the summer, but for me it's unbearable.

Amanda: You should move to Siberia.

Robert: I would love that! Except I'd probably get bored. And I don't speak Russian.

Amanda: Yeah, that might be a problem.

Robert: You should move to Death Valley.

Amanda: Where is that?

Robert: In California.

Amanda: That doesn't sound like a fun place to live.

Robert: No, it doesn't. But it's hot there, so you'd like it.

Amanda: It still doesn't sound very appealing.

Robert: Dry heat is okay, but I can't stand humidity.

Amanda: Yeah, I can handle a little humidity, but not a lot.

Robert: Do you remember when we went to Florida last year? It was so humid.

Amanda: Oh my gosh. I've never experienced anything like that!

Robert: I know! You couldn't even stay outside for more than a few minutes.

Amanda: Exactly.

Robert: Well, I'm glad it's only December. We get a couple more months of cold weather.

Amanda: Ugh, I can't wait for it to be spring!

100

TVÄTTA
-
DOING LAUNDRY (B1)

Ajay: Vi måste lära dig tvätta innan du åker iväg till högskolan! Jag kan inte förstå att du redan är sjutton år och ännu inte har lärt dig hur man tvättar ordentligt.

Nisha: Jag vet hur man tvättar.

Ajay: Ja, men inte bra! Du har förstört så många kläder!

Nisha: Bara några saker.

Ajay: Ja, några av *mina* saker! Kommer du ihåg min skjorta som åkte in i tvättmaskinen vit och kom ut rosa?

Nisha: Den såg bra ut i rosa!

Ajay: Jag ville inte ha en rosa skjorta!

Nisha: Okej. Jag är ledsen för det.

Ajay: Det är okej. Jag har återhämtat mig från det traumat. Men jag vill inte att du ska förstöra några fler kläder på högskolan.

Nisha: Inte jag heller. Okej, så när är vår tvättlektion?

Ajay: Har du tid nu?

Nisha: Visst.

Ajay: Okej. Så, först sorterar du de mörka kläderna från de ljusa kläderna.

Nisha: Vad är "ljust" och vad är "mörkt"?

Ajay: Ljusa kläder är vita, beige, grå, ljusblå... sådana saker. Mörka kläder är svarta, bruna, mörkgrå, och starka färger.

Nisha: Jag förstår. Hur varmt ska vattnet vara?

Ajay: För mörka färger rekommenderar jag kallt vatten. För ljusa färger kan du använda varmt eller hett vatten.

Nisha: Och hur länge ska jag tvätta dem?

Ajay: Tja, först väljer du temperaturen på vattnet och trycker på den här knappen. Sen väljer du vilket tvättprogram du vill köra. Jag väljer oftast "normal". Sen trycker du på "start"-knappen. Så enkelt är det.

Nisha: Åh, det verkar enkelt. Jag tror jag kan klara av det.

Ajay: Det tror jag också! Om du kan komma in på högskolan kan du tvätta dina egna kläder!

Nisha: Haha. Tack för förtroendet, pappa!

DOING LAUNDRY

Ajay: We need to teach you how to do laundry before you go away to college! I can't believe you're already seventeen and you haven't learned how to do laundry properly.

Nisha: I know how to do laundry.

Ajay: Yes, but not well! You've ruined so many clothes!

Nisha: Only a few things.

Ajay: Yeah, a few of *my* things! Remember my shirt that went into the washing machine white and came out pink?

Nisha: It looked good pink!

Ajay: I didn't want a pink shirt!

Nisha: Okay. I'm sorry about that.

Ajay: It's fine. I've recovered from that trauma. But I don't want you to ruin any more clothes in college.

Nisha: Me neither. All right, so when is our laundry lesson?

Ajay: Do you have some time now?

Nisha: Sure.

Ajay: Okay. So, first you need to separate the dark clothes from the light clothes.

Nisha: What is "light" and what is "dark"?

Ajay: Light colors are white, beige, grey, light blue... things like that. Dark clothes are black, brown, dark grey, and bright colors.

Nisha: I see. How hot should the water be?

Ajay: For dark clothes, I recommend cold water. For light colors, you can use warm or hot water.

Nisha: And how long do I wash them for?

Ajay: Well, first you choose the water temperature and push this button. Then you choose the type of wash. I usually go with "regular." Then you push the "start" button. It's that easy.

Nisha: Oh, that is easy. I think I can do that.

Ajay: I think you can too! If you get into college, you can wash your own clothes!

Nisha: Ha ha. Thanks for believing in me, Dad!

101

THANKSGIVING FÖRRA ÅRET
-
LAST YEAR'S THANKSGIVING (B1)

Caitlin: Hej, Grant. Vad ska du göra på Thanksgiving i år?
Grant: Jag ska åka till min kusins hus. Mina föräldrar, morföräldrar, moster och morbror, och tre av mina kusiner kommer vara där.
Caitlin: Åh, wow! Det är rätt mycket folk.
Grant: Ja, det är det! Vad ska du göra på Thanksgiving?
Caitlin: Jag måste jobba på Thanksgiving! Jag är så besviken!
Grant: Åh nej! Vad hemskt!
Caitlin: Ja, det är en av nackdelarna med att jobba i restaurangbranschen. Men jag får mer betalt, så det är bra.
Grant: Det väger väl nästan upp det, antar jag. Vad brukar du vanligtvis göra på Thanksgiving?
Caitlin: Vi åker vanligtvis till mina föräldrars hus och äter middag där.
Grant: Vad brukar ni äta?
Caitlin: Kalkon med fyllning och pumpapaj – alla Thanksgiving-standardrätter. Det är alltid jättegott; vi har massa bra kockar i min familj.
Grant: Åh, toppen!
Caitlin: Ja. Jag gjorde rätt gott potatismos förra året; jag var stolt över mig själv! Jag är inte bra på att laga mat.
Grant: Inte jag heller! Men jag älskar att äta.
Caitlin: Jag med! Min familj spelar alltid kort tillsammans också. Det är typ en Thanksgiving-tradition hos oss. Förra året spelade vi i tre timmar efter middagen!
Grant: Åh, wow! Jag är förvånad över att ni inte somnade efter maten! Jag däckar alltid efter middagen på Thanksgiving.
Caitlin: Jag vet. Jag är också förvånad! Vi var så inne i spelet!
Grant: Åhh, det är kul. Jaha, jag hoppas du kan spendera Thanksgiving med din familj nästa år.
Caitlin: Det hoppas jag med.

LAST YEAR'S THANKSGIVING

Caitlin: Hey, Grant. What are you doing for Thanksgiving this year?

Grant: I'm going to my cousin's house. My parents, grandparents, my aunt and uncle, and three of my cousins will be there.

Caitlin: Oh, wow! That's a pretty big gathering.

Grant: Yeah it is! What are you doing for Thanksgiving?

Caitlin: I have to work on Thanksgiving! I'm so bummed!

Grant: Oh no! That's terrible!

Caitlin: Yeah, that's one of the downsides of working in the restaurant industry. But I get paid more, so that's good.

Grant: That kind of makes up for it, I guess. What do you usually do for Thanksgiving?

Caitlin: We usually go to my parents' house and have dinner.

Grant: What do you guys usually eat?

Caitlin: Turkey and stuffing and pumpkin pie—all the usual Thanksgiving food. It's always delicious; we have a lot of great cooks in my family.

Grant: Oh, awesome!

Caitlin: Yeah. I made some pretty good mashed potatoes last year; I was proud of myself! I'm not a good cook.

Grant: Me neither! I love to eat, though.

Caitlin: Me too! My family always plays cards together too. It's kind of a Thanksgiving tradition for us. Last year we played for three hours after dinner!

Grant: Oh wow! I'm surprised you guys didn't fall asleep after dinner! I always pass out after dinner on Thanksgiving.

Caitlin: I know. I'm surprised too! We were so into the game!

Grant: Aww, that's cool. Well, I hope you can spend Thanksgiving with your family next year.

Caitlin: I do too.

102

MÅ DÅLIGT

-

NOT FEELING WELL (B1)

Elina: Hej, Gerry. Jag tror jag tänker stanna hemma idag. Jag mår inte så bra.

Gerry: Åh, nej! Vad är det som är fel?

Elina: Jag har huvudvärk och är yr. Jag tror jag kanske kommer kräkas.

Gerry: Har du ätit något dåligt? Du kanske har matförgiftning.

Elina: Jag vet inte. Jag at en omelett till frukost, pizza till lunch, och stek till middag.

Gerry: Det låter inte som något ovanligt. Vad gjorde du igår?

Elina: Tja, jag åkte till stranden eftersom det var en sådan fin dag och jag ville njuta lite av solen.

Gerry: Du kanske var ute i solen för länge.

Elina: Men jag var bara ute en timme.

Gerry: Drack du vatten?

Elina: Inte direkt.

Gerry: Inget vatten på hela dagen?

Elina: Nej...

Gerry: Du är antagligen uttorkad.

Elina: Tror du?

Gerry: Kanske. Om du inte dricker vatten på hela dagen och sen är i solen en timme, så kan du bli uttorkad.

Elina: Vad borde jag göra?

Gerry: Stanna inomhus och drick vatten!

Elina: Okej.

NOT FEELING WELL

Elina: Hey, Gerry. I think I'm going to stay home today. I'm not feeling well.
Gerry: Oh, no! What's wrong?
Elina: I have a headache and I feel dizzy. I think I might throw up.
Gerry: Was it something you ate? You might have food poisoning.
Elina: I don't know. I had an omelet for breakfast, pizza for lunch, and a steak for dinner.
Gerry: That doesn't seem like anything unusual. What did you do yesterday?
Elina: Well, I went to the beach because it was such a nice day and I wanted to soak up some sun.
Gerry: Maybe you stayed out in the sun too long.
Elina: But I was only outside for an hour.
Gerry: Did you drink any water?
Elina: Not really.
Gerry: No water all day?
Elina: No...
Gerry: You're probably dehydrated.
Elina: You think?
Gerry: Maybe. If you don't drink water all day and then you stay in the sun for an hour, you can get dehydrated.
Elina: What should I do?
Gerry: Stay inside and drink water!
Elina: Okay.

103

SNOWBOARDTUR

-

SNOWBOARDING TRIP (B1)

Samantha: Nå, Johnny, är du redo för din första tur nerför berget?
Johnny: Vet du, jag är inte så säker på att det här är en bra idé.
Samantha: Det kommer gå bra!
Johnny: Så det är precis som att surfa, men det är på snö istället för på vågor, eller hur?
Samantha: Inte riktigt. Det är några jätteviktiga saker du måste veta först.
Johnny: Och det säger du nu?
Samantha: Jag säger det åtminstone!
Johnny: Okej, så vad är de här jätteviktiga sakerna jag måste veta?
Samantha: Först och främst måste du komma ihåg att dina fötter sitter fast i brädan.
Johnny: Visst. Det är uppenbart. Jag kan inte gå omkring på brädan för att styra.
Samantha: Jag är glad att du förstår.
Johnny: Vad är nästa sak?
Samantha: Du kan inte riktigt styra med framänden av brädan. Det skulle göra så att du ramlar, och alldeles säkert så att du rullar ner för berget. Det vore inte särskilt kul.
Johnny: Nej, det vore det inte!
Samantha: Led med dina axlar istället, och använd den bakre delen av brädan för att svänga.
Johnny: Okej. Något mer?
Samantha: Nej. Dags att åka!
Johnny: Okej. Ska jag åka först?
Samantha: Visst! Jag vet att du inte riktigt kan vägen ännu, men följ bara skyltarna så kommer det gå bra. Jag är precis bakom dig.
Johnny: Okej, då kör vi!

SNOWBOARDING TRIP

Samantha: So, Johnny, are you ready for your first ride down the mountain?

Johnny: You know, I'm not so sure this is a good idea.

Samantha: You'll be fine!

Johnny: So, this is just like surfing but instead of waves, it's on snow, right?

Samantha: Not quite. There are a few really important things you need to know first.

Johnny: You're telling me this now?

Samantha: At least I'm telling you!

Johnny: Okay, so what are these few really important things I need to know?

Samantha: First, you have to remember that your feet are connected to your board.

Johnny: Right. That's obvious. I can't walk the board to steer.

Samantha: I'm glad you understand.

Johnny: What's the next thing?

Samantha: You can't really steer with the front of your board. You'll catch an edge and surely tumble down the mountain. That wouldn't be very fun.

Johnny: No, it would not!

Samantha: Instead, lead with your shoulders and use the back end of your board to turn.

Johnny: Okay. Anything else?

Samantha: Nope! Time to go!

Johnny: All right. Should I go first?

Samantha: Sure! I know you don't really know the course yet, but just follow the signs and you should be fine. I will be right behind you.

Johnny: All right, here we go!

104

MÅLA HUSET

-

PAINTING THE HOUSE (B1)

Clark: Vilken färg ska vi måla vardagsrummet?

Valentina: Jag tycker vi borde måla det i någon stark och intressant färg, typ grönt.

Clark: Grönt? Vilken typ av grön?

Valentina: Limegrönt kanske?

Clark: Limegrönt?! Jag skulle kunna acceptera salviagrönt eller mossgrönt. Men limegrönt vet jag inte. Vad tror du om någon nyans av grå?

Valentina: Grå? Det låter deprimerande.

Clark: Grått ser rent och modernt ut. Här, jag ska visa dig några bilder.

Valentina: Hmm... det ser inte så dumt ut. Vad sägs om en gråaktig-blå färg?

Clark: Det skulle kunna funka.

Valentina: Kolla på den här bilden. Typ något sådant här.

Clark: Ja, det ser rätt fint ut.

Valentina: Tycker du?

Clark: Ja.

Valentina: Wow, är vi överens om det här?

Clark: Jag tror det! Okej, så vi har bestämt färgen till väggarna. Vi behöver köpa lite redskap också.

Valentina: Ja, det gör vi. Vi behöver en roller och tråg och ett par penslar. Och maskeringstejp.

Clark: Vi behöver en stege också, eller hur?

Valentina: Ja, Adam lånar ut sin stege till oss.

Clark: Åh, okej. Perfekt.

Valentina: Jag hoppas rummet blir fint!

Clark: Jag med. Tänk om vi målar hela rummet och sen inte gillar det?

Valentina: Jag antar att det är en risk vi måste ta.

Clark: Japp. Vill du åka till affären och handla grejerna?
Valentina: Visst!

PAINTING THE HOUSE

Clark: What color should we paint the living room?
Valentina: I think we should paint it something bright and interesting, like green.
Clark: Green? What shade of green?
Valentina: Maybe a lime green?
Clark: Lime?! I could handle a sage green or a moss green. But I don't know about lime. What about some kind of grey?
Valentina: Grey? That sounds depressing.
Clark: Grey looks really clean and modern. Here, I'll show you pictures.
Valentina: Hmm... that doesn't look that bad. What about a greyish-blue color?
Clark: That might work.
Valentina: Look at this picture. Something like this.
Clark: Yeah, I kind of like that.
Valentina: Really?
Clark: Yeah.
Valentina: Wow, do we agree on this?
Clark: I think so! All right, so we've decided on the paint color. We need to buy some supplies too.
Valentina: Yes, we do. We need a paint roller and trays and a couple brushes. And some painter's tape.
Clark: We need a ladder too, right?
Valentina: Yeah, Adam is lending us his ladder.
Clark: Oh, okay. Perfect.
Valentina: I hope the room will look good!
Clark: Me too. What if we paint the whole room and then we don't like it?
Valentina: I guess that's a risk we have to take.
Clark: Yep. Want to go to the store and get the supplies?
Valentina: Sure!

105

EN VACKER SOLNEDGÅNG

-

A BEAUTIFUL SUNSET (B1)

Susana: Låt oss gå en promenad idag. Det är en sådan vacker dag och vi har varit instängda hela dagen.

Paul: Bra idé. Vi borde gå till klipporna på Blackson Beach. Vi kan se solnedgången därifrån.

Susana: Okej! Men vi borde gå snart. Solen går ner om fyrtio minuter.

Paul: Okej, då går vi!

(På väg...)

Susana: Så, vilken är den vackraste solnedgången du någonsin har sett?

Paul: Hmm... jag såg några väldigt vackra solnedgångar i Thailand.

Susana: Gjorde du? På vilket sätt var de vackra?

Paul: Det var så många fantastiska färger på himlen – orange, rosa, lila – och allt är såklart mycket finare när man är på en strand i Thailand!

Susana: Ja, det tror jag nog. Jag hoppas att jag kommer kunna åka till Thailand någon gång!

Paul: Jag vill verkligen åka tillbaka. Det fanns så många vackra platser och folket var så trevliga. Och maten var, såklart, underbar. Och så billig!

Susana: Jag ska börja spara pengar.

Paul: Haha, okej!

Susana: Vi är här! Vi hann hit i tid! Solen kommer gå ner om tio minuter. Kom, så hittar vi en bra plats att se den ifrån.

Paul: Vad sägs om stenen där borta?

Susana: Åh, ja, kom.

Paul: Wow, det är så vackert.

Susana: Lika vackert som i Thailand?

Paul: Nästan! Det här var en bra idé, Susana. Vi borde göra det här oftare.

Susana: Jag håller med. Låt oss komma hit för att se solnedgången minst en gång i månaden!

Paul: Okej!

A BEAUTIFUL SUNSET

Susana: Let's go for a walk today. It's such a beautiful day and we've been cooped up inside all day.

Paul: Good idea. We should go to the cliffs at Blackson Beach. We can catch the sunset there.

Susana: Okay! But we should leave soon. The sun is going to set in forty minutes.

Paul: Okay, let's go!

(On the way...)

Susana: So, what's the most beautiful sunset you've ever seen?

Paul: Hmm... I saw some really beautiful sunsets in Thailand.

Susana: Oh really? Why were they beautiful?

Paul: There were so many amazing colors in the sky—orange, pink, purple—and of course everything is a lot more beautiful when you're on a beach in Thailand!

Susana: Yeah, I bet. I hope I can go to Thailand someday!

Paul: I really want to go back. There were so many beautiful places and the people were so nice. And, of course, the food was amazing. And so cheap!

Susana: I'm going to start saving money.

Paul: Haha, okay!

Susana: We're here! We made it in time! The sun is going to set in ten minutes. Let's find a good spot to watch it.

Paul: What about that rock over there?

Susana: Oh, yes, let's go.

Paul: Wow, it's so beautiful.

Susana: As beautiful as Thailand?

Paul: Almost! This was a good idea, Susana. We should do this more often.

Susana: I agree. Let's come here to watch the sunset at least once a month!

Paul: Okay!

CONCLUSION

What a ride, huh? One hundred and five conversations in Swedish, written to assist your learning and help you improve your grasp of the language! We hope that they've served to help give you a better understanding of conversational Swedish and to provide you with a massive amount of learning material that most professors *won't* be providing you anytime soon!

We have one last round of tips for you, reader, now that you're done with the book and may suddenly be wondering what comes next:

1. **Study!** Nobody learns a new language overnight, and just skimming through this book once won't be enough for you to acquire the tools you're looking for. Re-read it, understand it, and – finally – control it; only then will you be truly learning.
2. **Rehearse!** Find a partner and rehearse or recreate the conversations that you see here. It'll help with your pronunciation, and help shake any shyness you may have!
3. **Create!** Take these conversations and make your own for other situations! There's always something you can change in order to produce something of your own, and it'll help you improve your grasp of the tongue!
4. **Don't give up!** Keep working and putting effort in. Results will come, trust us!

So, there we have it, readers, we've finally reached the end. We hope you enjoyed the book and continue to come back for more. We're certainly working hard to produce more books for you to improve your Swedish. Take care and see you soon!

Good luck and don't quit! Success is just a few steps away!

Thanks for reading!

MORE BOOKS BY LINGO MASTERY

 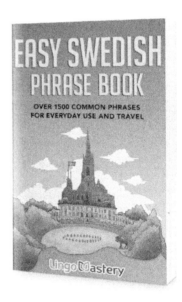

Ready to take your Swedish to the next level?

Check out all of our Swedish books such as ***Swedish Short Stories for Beginners*** and ***Easy Swedish Phrase Book*** over at www.LingoMastery.com/swedish

Printed in Great Britain
by Amazon